———————— 阅读之前 没有真相

午夜文库

罗斯·麦克唐纳
侦探卢·阿彻系列

罗斯·麦克唐纳
(Ross MacDonald, 1915-1983)

罗斯·麦克唐纳,本名肯尼斯·米勒,生于美国加州,是著名的高学历作家,拥有文学博士头衔。他曾服役于美国海军情报局,退役后在母校密歇根大学执教。二十三岁时,麦克唐纳与著名的侦探小说家玛格丽特·米勒结为夫妇。受妻子影响,他开始涉足犯罪小说的创作。前四部作品均以本名发表,第五部长篇小说《移动飞靶》发表时,取笔名为罗斯·麦克唐纳。

麦克唐纳幼年丧父,唯一的女儿又因脑出血离世,因此他笔下的故事总被浓郁的悲伤气氛所笼罩,"亲子分离"也是他擅长描写的主题。其作品文笔优美,心理描写细腻深刻,用词简约,韵味悠长。在处理犯罪的心理层面上,若说他是最写实、并对后代作家最具启发性的侦探小说大师,并不为过。他的角色心理深度超越了所有同类型的作品;对各种角色的处理不像钱德勒那样爱下结论,他总是留给角色一些"不解释"的空间,留给读者更多的意蕴想象。

麦克唐纳以白描的笔法将过去动不动就用拳头解决问题的私家侦探,转型为具有心理医生性格的聆听者,从人们的倾诉中找寻解答之道。当他笔下的侦探卢·阿彻遍访故事里的人物，启发每一个人，并打开对方的心门后，线索齐备，故事也就水到渠成，可以说卢·阿彻是侦探小说史上空前绝后的"带私家执照的心理医生"。

值得一提的是，麦克唐纳的作品虽然饱受赞誉，但在商业上大获成功却要等到一九七四年他写出《地下人》之后。此后，他炙手可热，其名作《移动飞靶》被好莱坞改编为电影，由保罗·纽曼担纲主演，成为影史上最受欢迎的侦探形象之一。麦克唐纳和他的卢·阿彻，一直居于"最受欢迎的作家与侦探排行榜"前列。

罗斯·麦克唐纳 侦探作品年表

卢·阿彻系列

1949 The Moving Target

1950 The Drowning Pool

1951 The Way Some People Die

1952 The Ivory Grin

1954 Find a Victim

1955 The Name is Archer

1956 The Barbarous Coast

1958 The Doomsters

1959 The Galton Case

1961 The Wycherly Woman

1962 The Zebra—Striped Hearse

1964 The Chill

1965 The Far Side of the Dollar

1966 Black Money

1968 The Instant Enemy

1969 The Goodbye Look

1971 The Underground Man

1973 Sleeping Beauty

1976 The Blue Hammer

1977 Lew Archer, Private Investigator

2001 Strangers in Town

其他作品

1944 The Dark Tunne

1946 Trouble Follows Me

1947 Blue City

1948 The Three Roads

1953 Meet Me at the Morgue

1960 The Ferguson Affair

1973 On Crime Writing

1981 Self—Portrait, Ceaselessly Into the Past

移动飞靶
The Moving Target

（美）罗斯·麦克唐纳 著
刘秀萍 译

1

出租车驶离了一〇一号国道朝着海的方向开去。道路在棕色的大山脚下蜿蜒曲折地进入了两旁都是矮栎的峡谷。

"这是卡布里罗峡谷。"司机说。

但我看不到任何房子。"难道这里的人都住在山洞里?"

"怎么可能呢。房子都在前面的海边上。"

一分钟后我开始嗅到海的气息。我们又转了一个弯儿,温度一下子凉爽了。路边的牌子上写着"私人物业:路过权可随时撤销"。

两旁的矮栎树被整齐的棕榈和蒙特利柏树篱所取代。不时映入眼帘的是喷水器浇灌着的绿意盎然的草坪、长长的白色门廊和红顶绿门的房子。

一辆劳斯莱斯从我们身边飞驰而过,开车的是一个俏妞儿,这让我一时感觉恍惚。

峡谷低处淡蓝色的薄雾像是钞票燃烧释放出的轻烟,在它的笼罩下,连大海看起来都像是嵌在峡谷口上的一块昂贵闪亮的蓝宝石。这里充斥的是私人物业、象征身份的名车和膨胀的自我。太平洋从未看起来如此渺小。

我们驶上了一条两旁栽着前哨紫杉树的快车道,在私人高速路上转了一阵子之后，来到了峡谷的高处。这里可以看到下面宽阔的大海向着夏威夷的方向延伸开去。我们要找的那所房子是低矮狭长的造型，它立在悬崖的中部，背朝着峡谷。它的两翼构成钝角的形状，像一个巨大的白色箭头，指向海的方向。透过灌木丛，可以看到闪着白色光芒的网球场和蓝绿色泳池里的波光粼粼。

司机驶入了扇形的私人车道，然后把车停在了车库旁边。"穴居的人们就住在这里。你要走服务通道吗？"

"我可没那么厉害。"

"需要我在这儿等你吗？"

"我猜你得等我。"

一个穿蓝色亚麻工作服的胖女人从阳台那边走了出来，看着我下了出租车。

"您是阿彻先生？"

"是的。您是辛普森夫人？"

"我是克罗姆伯格夫人——这里的管家。"她布满皱纹的脸上浮上一个微笑，像是阳光照在耕地上。"您可以让出租车离开了。一会儿费利克斯可以开车送您回城里。"

我付了出租车费然后从后座拿了包。手里拎着包我感到有点尴尬，因为我不知道我会在这儿待上一个小时还是一个月。

"让我把您的包搁到储物室去吧。"管家说，"我想您暂时用不着它。"

她带我穿过了一个以铬瓷装饰的厨房，走过一个凉爽的、圆顶回廊式样的厅，然后来到了一个通向二楼的小隔间。她按响了门铃。

"现代化的设施很齐全啊。"我在她的背后说。

"辛普森夫人伤了腿之后他们不得不给装上这玩意儿，它可值七千五百美元呢。"

我不说话了,也许这正是她希望的。她敲着电梯旁厅对面的房门,但没人应答。又敲了一次后,她推开了门。房间很高,是纯白色的。在我看来屋子太大、空荡荡的,一点儿也不女性化。在巨大的床的上方,那墙上挂着一幅画,画的是一张梳妆台,上面摆着挂钟、地图和一顶女人的帽子。时间、空间和性——看起来很像歌川国芳的作品。

床上很凌乱,但是空的。"辛普森夫人!"管家喊道。

"我在阳台上呢。什么事?"一个冷冷的声音答道。

"您发电报找的那位阿彻先生来了。"

"让他出来吧。然后给我加些咖啡。"

"您从那边的落地窗出去吧。"管家对我说,然后便离开了。

我走出去的时候,辛普森夫人正在读书,她抬起了头。她半躺在躺椅上,背对着朝阳,身上搭着一条毛巾。她身旁放着一台轮椅,但她看起来并不像有什么残疾。她很瘦,皮肤晒得很黑,以至于她的肌肉看起来很坚硬。漂染过的卷发像一撮奶油一样服帖在她狭小的脑袋上。你很难判断她的年龄,就像是你很难判断一个红木雕像的年龄一样。

她把书放在肚子上,向我伸出了手。"我听说过你。米莉森特·德鲁和克莱德分手时,她说你帮了大忙。但她没告诉我细节。"

"说来话长啊,"我说,"而且内容龌龊。"

"米莉森特和克莱德一向龌龊之极,你不这么觉得吗?这些有品位的男人!我一直怀疑他们的情人可能都不是女人呢。"

"我从不去琢磨我的客户。"说着,我冲着她露出我略显疲惫的孩子气的笑容。

"你也不谈论客户?"

"是的。即使与其他客户也不谈论。"

她的声音很清爽,但笑声中透着病意——颤抖中夹杂着一种令人不悦的杂音。

我低头看着她的眼睛。虽然她身材黝黑健美,但眼神中却隐藏着惊恐和病容。她垂下了眼睛。"请坐,阿彻先生。你一定在想我为什么会找你。或者,你对此也不在乎?"

我在躺椅旁的一把折叠椅上坐了下来。"我想过,甚至推测过。我的大部分案子是关于离婚的。我猜我是一只豺狼。"

"你在贬低自己,阿彻先生。你说话的方式不像个侦探,不是吗?我很高兴你提到了离婚,因为我想从一开始就说明白,我要的可不是离婚。我要维持我的婚姻,我还指望着我丈夫比我先死呢。"

我不说话,等着她继续。近距离打量她,我发现她棕色的皮肤略显粗糙和枯干。火热的阳光打在她古铜色的双腿还有我的脑袋上。她的脚趾和手指涂着一样的那血红色的指甲油。

"这也许算不上什么适者生存。你很可能知道我的腿不管用了。但是我比他年轻二十岁,我一定能比他活得长。"她的嗓音里现在也透出那种令人不悦的杂音,听起来像只大黄蜂。

她自己也感觉到了,于是吞了一口气,将杂音咽下。"这外面热得像个火炉是吧?男人不应该总穿着外套,这不公平。请把外套脱了吧。"

"不必了,谢谢。"

"你很绅士。"

"我戴着枪套呢。我还在想,您在电报中提到了阿尔伯特·格雷夫斯这个人。"

"是他推荐了你。他是拉尔夫的一个律师。午饭后你可以跟他谈报酬的事。"

"他不再是地方检察官了吗?"

"二战后就不再是了。"

"四一年和四二年期间我为他工作过。那之后就没再见过他。"

"他告诉过我有关你的情况。他说你擅长寻人。"她微笑了一下,露出洁白的牙齿,衬着她黝黑的脸庞,这笑容显得凶残可怕。"你擅长寻人对吗,阿彻先生?"

"确切地说是寻找'失踪'的人。您的丈夫失踪了吗?"

"准确地说不是'失踪'了,而是自己跑了,或是跟别人跑了。如果我去失踪人口局找他,他一准会气疯了的。"

"明白了。您想让我找到他并确认和他在一起的人的身份。然后呢?"

"你只要告诉我他在哪儿,和谁在一起。剩下的由我自己处理。"尽管我有病,我的腿也不管用——我能听到那个不悦的杂音在抱怨。

"他什么时候走的?"

"昨天下午。"

"从哪儿走的?"

"洛杉矶。他先是在拉斯维加斯。我们在那附近有所沙漠别墅。但昨天下午他和艾伦飞到了洛杉矶。艾伦是他的飞行员。拉尔夫在机场摆脱了艾伦后,自己离开了。"

"为什么?"

"我猜他是喝醉了。"她轻蔑地抿起了红唇,"艾伦说他一直在喝酒。"

"您认为他是喝得大醉离开了。他经常这样?"

"不是经常,而是总是这样。他一喝酒就失去控制。"

"您指的是性方面的?"

"男人都这样,不是吗?但我担心的不是这个,而是他失去对钱的控制。几个月前他喝得酩酊大醉,送了一座山给别人。"

"一座山?"

"外加一所狩猎屋。"

"是给了女人吗?"

"我倒希望是给了女人。他给的是一个男人,但不是你想象的那样。那人是洛杉矶的一个神职人员,他留着很长的白胡子。"

"他看来像个容易上当的人。"

"你是说拉尔夫吗?如果你当着他的面这样说,他会气疯的。他最早是做非法石油开采生意的。你知道那种人的:半人、半兽,到处行骗,一心只念着赚钱。但那是他清醒时的样子。酒精能软化他,至少过去几年的情形是这样。几杯酒下肚,他就想做回一个小男孩。他会去找一个慈母或慈父类型的人,哭诉一场,寻求安慰。如果他淘气了,还会被打屁股。听起来很残酷吗?我只是在说一个事实而已。"

"是的,"我说,"您想让我在他送出另一座山之前找到他。"不论死活,我暗自想。但我猜不透她的心思。

"如果他是跟一个女人在一起,我自然会很感兴趣。我想知道他的所有情况,因为我可不想丢掉这样难得的机会。"

我不知道谁才能猜出她的心思。

"这个女人可能是谁,您心中有特定的人选吗?"

"拉尔夫从不向我吐露心声,他跟米兰达更亲密。我没办法监视他,这就是我找你的原因。"

"您很坦率。"我说。

"我一向如此。"

2

一个身穿白色上衣的菲律宾男仆出现在落地窗前。"您的咖啡，辛普森夫人。"

他把盛咖啡的银器放在躺椅旁的矮桌上。他身材矮小，动作迅速，圆圆的小脑袋上的头发光滑漆黑，像有一层油脂。

"谢谢你，费利克斯。"她对仆人们很和蔼，不知是不是故意做给我看的。"你要来一些咖啡吗，阿彻先生？"

"不用了，谢谢。"

"或者来杯酒？"

"午餐之前我是不喝酒的。我是个新式的侦探。"

她微笑地啜着咖啡。我站起来走向露台面海的一边。下面是由层层的阳台构成的长长的绿色台阶，沿着陡峭的断崖一直通向海边。

我听到从房子角落传来飞溅的水声，于是将身子探出栏杆查看。下面的阳台上有一个椭圆形的泳池，池底的蓝瓦衬着碧水。一对年轻男女在水中嬉戏，身姿矫健如同海豹。女孩在追着男孩，而男孩故意让自己被捉住。

然后，那男孩和女孩仿佛瞬间变成了男人和女人。刚才跃动的画面忽然在阳光下凝滞，只有水波在女孩双手的撩拨下微微荡漾。

女孩站在男孩的身后，双臂环绕着男孩的腰。她的手指像弹竖琴一样轻轻划过男孩的两肋，轻轻捻起他胸前的一小撮胸毛。女孩的脸藏在男孩背后，但是男孩脸上的表情骄傲而愤怒，仿佛一座青铜雕像。

男孩挣脱了女孩的双手走开了。我看到女孩的面孔，她一脸的脆弱。她的手臂垂下来，像是突然间失去了目标。她坐到泳池的边缘，晃荡着双脚划水。

肤色黝黑的男孩从泳池的跳板上纵身跃起，在空中做了一个五百四十度的翻转后落入水中。女孩的目光没有跟随他。水珠从她的发梢滑下落在她的小腹上，恍若泪滴。

辛普森夫人在喊我的名字。"你还没吃午饭吧？"

"没有。"

"费利克斯，在院子里安排三个人的午餐。我还是在阳台上用餐。"

费利克斯轻轻地鞠躬准备离去。但是她把他叫了回来："从我的梳妆间把辛普森先生的照片拿过来。阿彻先生，你得知道他长什么样子，不是吗？"

皮夹子里的照片上的人有着一张肥肥的脸、稀疏的白发和显得错愕惊慌的嘴巴。他肥大的鼻子虽然不够挺拔，但还是给人一种顽固的感觉。肿眼皮和塌陷的双颊，让他的微笑看起来生硬。这微笑是我在停尸间死人的脸上见过的。他让我想到，有一天我也会老去和死亡。

"可怜的家伙，我可怜的家伙。"辛普森夫人说。

费利克斯发出一声低吟，似窃笑，似咕哝，又似叹息。而我不知道还能说什么。

费利克斯在院子里摆上了午餐。院子位于房子和山坡之间，呈三角形状，地上铺着红色瓷砖。石头围墙外的山坡上种植着地衣、藿香蓟和延绵的半边莲,像是连绵不断的绿色波浪。

　　费利克斯带我出去时,那个皮肤黝黑的年轻人已经在那里了。他先前愤怒和傲慢的表情不见了,看起来神情轻松。他换上了一套新的浅色西装。他个子很高——大概有六英尺三或四英寸的样子,当他起身时我感到自己身材有点矮小。他握起手来十分有力。

　　"我叫艾伦·塔格特,是辛普森的飞行员。"

　　"我是卢·阿彻。"

　　他左手旋转着一小杯酒,问:"你喝的是什么?"

　　"奶。"

　　"开玩笑吧?我以为你是个侦探。"

　　"是发酵的驴奶。"

　　他微笑时露出洁白的牙齿,让人愉悦。"我喝的是苦味杜松子酒。我在莫尔斯比港时养成的习惯。"

　　"你有很长的飞行时间?"

　　"五十五次飞行任务。时长两千多个小时。"

　　"去过什么地方?"

　　"大多是在加罗林群岛。我开的是一架P-38战机。"

　　他怀旧的语气里充满了爱恋,像是念着一名女子的名字。

　　这时那个女孩出来了。她穿了黑色条纹的裙子,显出凹凸有致的曲线。暗红的头发经过梳理和吹干后,显得蓬松。神采奕奕的绿色的大眼睛在她棕色面庞的衬托下显得很有异国情调,就像是印度人长了浅色的眼睛。

　　塔格特介绍说,她叫米兰达,是辛普森的女儿。她招呼我们在帆布伞下的金属桌子前就座。帆布伞有着铁的伞柄,从桌子的中央伸出去。我一边吃着白汁三文鱼,一边观察她。她个子很高,举手投足间有一种怪异的吸引力——那种随着时间缓慢生长,让人期待的吸引力。十五岁情窦初开,二十一二岁初恋、结婚。经历几年的情感波折后,从女孩变成女人。三十岁左右,她将蜕变成一个纯粹的女人。但是她现在看起来约有二十一岁的样子,作为辛普森夫人的女儿显得大了点儿。

"我的继母——"她说,仿佛是看穿了我的心思,"我的继母是个极端的人。"

"您是在暗指我吗,辛普森小姐?我可是个很中庸的人呢。"

"我没有特指您。她做的每件事都很极端。其他人从马上摔下来不会变成半身不遂,伊莱恩却会。我觉得她有心理问题。她不再像从前一样拥有惊人的美貌,于是她选择不去跟人攀比。落马给了她这样的机会。据我所知,她是故意摔下来的。"

塔格特大笑。"少胡扯了,米兰达。你是小说看多了吧。"

她不屑地看着他。"你可从来不读书。"

"那么我为什么会在这儿,有没有什么心理学的解释?"我问。

"我不太确定你究竟为什么来这里。大概就是为了搜出拉尔夫到底去了哪儿吧?"

"差不多。"

"我猜她是想找到一些对他不利的证据。男人在外面留宿一夜,她就找来私家侦探——你不得不承认这可是够极端的做法吧。"

"我很低调谨慎,你不用担心这个问题。"

"我才不担心呢,"她甜甜地说,"我只是在做心理分析罢了。"

那个菲律宾仆人在院子来无声无息地穿梭着。费利克斯的脸上一成不变的微笑像一个面具,他的真实性格隐藏其后,透过那仿佛受了伤的黑眼睛偷偷地观察着我们。我感觉他那竖起的耳朵听得见我说的每一个字，数得出我的每一次呼吸。如果天气好的话，他连我的心跳都听得见。

塔格特一直显得不安，他突然改变了话题。"我从没在现实生活中与侦探打过交道。"

"我可以给你签名，只是我的签名是'X'。"

"不过严肃地说，我对侦探很感兴趣。在我成为飞行员之前，一度想当侦探。我猜大多数孩子都有个侦探梦。"

"但是大多数孩子都不会坚持他们的梦想。"

"为什么？难道你不热爱你的工作吗？"

"至少它让我不至于无所事事。辛普森先生走失的时候你跟他在一起？"

"是的。"

"他当时穿什么衣服？"

"运动衣。哈里斯斜纹软尼外套、棕色羊毛衬衫、褐色裤子、粗革皮鞋。没戴帽子。"

"他具体是在什么时候走失的？"

"昨天下午大约三点半左右，我们降落在伯班克。他们必须移走一个货箱，这样我才能把飞机停好。我总是亲自做这样的事情，因为飞机上有些特别的小玩意儿，我们不想被别人拿走。辛普森先生去给酒店打电话叫车子。"

"哪个酒店？"

"瓦莱利奥。"

"是威尔舍尔大道附近的那家？"

"拉尔夫在那儿有所房子，"米兰达说，"他喜欢那儿的安静。"

"当我出来走到大门口时，"塔格特继续说，"辛普森先生不见了。

我没有多想。他喝了很多酒,但他经常那样,他可以照顾自己。但这让我有点恼火,我被一个人撂在伯班克,就因为他不愿等那五分钟。到瓦莱利奥的出租车需要三美元,但我支付不起。"

他看了米兰达一眼,担心自己是不是说得太多了。她看上去只是对他的话感到好笑。

"不管怎样,"他说,"我坐公交车到了酒店。我换了三趟公交,每一程都需要半个小时的时间。然后发现他并不在酒店。我在那儿一直等到天快黑了,然后我又驾驶飞机飞了回来。"

"那他有没有去瓦莱利奥呢?"

"没有。他根本就没去那儿。"

"他的行李呢?"

"他没有带任何行李。"

"那么说他没打算在那儿过夜。"

"不是那样子,"米兰达说,"他在瓦莱利奥的房子里什么都有。"

"也许他现在就在那里。"

"没有。伊莱恩每个小时都会往那边打一个电话。"

我转向塔格特问:"他有没有提到他有何打算?"

"他打算在瓦莱利奥过夜的。"

"你在停机的时候,他一个人待着的时间有多久?"

"大概十五分钟吧。不超过二十分钟。"

"从瓦莱利奥来的车子应该是很快就到了的。他也许根本就没有给酒店打电话。"

"可能有人去机场接他了。"米兰达说。

"他在洛杉矶有很多朋友吗?"

"大多数是生意上认识的熟人。拉尔夫从来不愿跟人打交道。"

"你能告诉我他们的名字吗?"

她挥手,仿佛那些名字是眼前的一群虫蝇。"您最好去问阿尔伯特·格雷夫斯。我会打电话到他办公室,告诉他你来了。费利克斯会开车送你过去。然后我猜你得回洛杉矶。"

"看起来那儿应该是我开始着手的地方。"

"艾伦可以开飞机送你。"她站起身来,俯视着他,眼神中有一丝故作的傲慢,"你今天没有什么特别的事情对吧,艾伦?"

"乐意效劳,"他说,"这让我不至于觉得无聊。"

她扭着腰肢进了屋——她愤怒的样子也可爱极了。

"别这么对她。"我说。

他站起来。他的影子落在我身上。"你什么意思?"

他有着少年的自命不凡和傲慢。我于是直截了当地说:"她需要一个高大的男人。你俩在一起很般配。"

"唉,"他摇头说,"又是关于我跟米兰达理所当然的陈词滥调。"

"米兰达也这么认为吧?"

"其实我喜欢的是另外一个人。虽然这不关你的事,更不关那个讨厌鬼的事。"

他指的是费利克斯。他正站在通往厨房的走道里,听到这话他突然消失了。

"那浑蛋烦死我了,"塔格特说,"他总是躲在角落里偷听。"

"也许他只是好奇心太重。"

他冷笑一声:"他只是让我憎恶这地方的一个原因。我与这家人吃住在一起,但别以为他们不把我当用人使唤。我只是个给他们开飞机的。"

对于米兰达可不是这样,我心想,但我没说话。"这工作很轻松,对吧?辛普森不可能总坐飞机到处跑。"

"我讨厌的不是飞行。我喜欢飞行,但我不愿当那老家伙的保姆。"

"他需要人照顾吗?"

"他很麻烦的。在米兰达面前我不能讲太多。但是上周在沙漠里,他一瓶接一瓶地喝酒,几乎要把自己喝死。喝醉了他就开始自以为是地幻想,我受够了。然后他会变得多愁善感,想收养我,给我买一家航空公司。"他开始模仿喝醉的老人沙哑和断续的声音,"我会照顾你的,艾伦。你将得到你的航空公司。"

"或是一座山。"

"关于航空公司的事,我是认真的。他也确实做得到。但他清醒的时候不会给人任何东西,一个子儿都不会。"

"典型的精神分裂,"我说,"他怎么会变成那样的?"

"我也不太清楚。楼上的那个泼妇会让人发疯。后来他的一个儿子在战争中死了。我猜这是他们要我的原因。他并不需要一个全职的飞行员。鲍勃·辛普森也是一个飞行员。在先岛群岛被击落。米兰达认为那是让这老家伙精神崩溃的原因。"

"米兰达和他的关系如何?"

"还不错。但近来他们在闹矛盾。辛普森想让她结婚。"

"跟谁结婚?"

"阿尔伯特·格雷夫斯。"他面无表情、实事求是地说。

3

  高速公路在靠近大海的地方进入了圣特雷莎镇。我们行驶了一英里,沿途看到的都是贫民窟:摇摇欲坠的棚屋和店面的临时房、本该是人行道的泥路和在尘土中玩耍的黑色、棕色皮肤的孩子。大路边上有几家给游客开的酒店,上面有着蛋糕糖衣模样的霓虹标志,还有喷了红漆的房子和一排酒鬼聚集的破烂小旅馆。街上有一半是矮个子的印度和摩洛哥模样的人。从卡布里罗峡谷来到这里,我感觉自己好像来自另一个星球。我们乘坐的凯迪拉克就像紧贴地面飞行的宇宙飞船。

  费利克斯沿着主路左转驶离了大海。随着地势的升高,街上的人群变了模样。我们看到的是穿彩色衬衫和泡泡纱西装的男人和穿宽松裤和露脐装的女人。她们神色各异,出入于加利福尼亚的西班牙商店和办公楼。人们无暇关注头上的山峦,但群山岿然屹立,仿佛笑看世事沉浮。

  塔格特一直安静地坐着。他英俊的面庞上没有任何表情。"你感觉怎么样?"他问我。

  "不太好。你呢?"

  "很压抑。人们到这儿来像大象等死一样,但他们决定继续生活下去——如果这也算生活的话。"

"你应该看看战前的样子。那时可比现在热闹多了,各色人等一应俱全。"

"我不知道原来你这么了解这里。"

"我跟阿尔伯特·格雷夫斯办过几个案子,那时他是地方检察官。"

费利克斯将车子停在了一个黄色灰泥的拱门下。门通向一幢办公楼的院子。他打开玻璃隔门说:"格雷夫斯先生的办公室在二楼。您可以乘电梯上去。"

"我在外面等你。"塔格特说。

格雷夫斯的办公室跟他从前办案子的那个法院肮脏的小隔间已截然不同。等候室装修成清凉的绿色,家具用的都是漂白的原木。金发的前台接待小姐有着冰绿色的眼睛,跟房间的色彩很搭配。

"先生您有预约吗?"

"请告诉格雷夫斯先生卢·阿彻找他。"

"格雷夫斯先生正忙着。"

"我可以等。"

我在厚重的椅子上坐下,想着辛普森。金发美女雪白的手指在打字机的键盘上飞舞着。我依然被焦躁和不真实感困扰着。被雇来寻找一个谜一样的人——一个与神职人员为伍却嗜酒如命的石油大亨。我从口袋里抽出他的照片再次打量。照片里人也看着我。

里面的门开了,一位老太太欢快地退着走出来。她头上戴的帽子像是从海边沙滩上捡来的。她穿着紫色的丝绸衬衫,胸前别着的表盘上镶着钻石。

格雷夫斯跟着她走出来。她称赞着他有多聪明、多帮忙。他假装听着。我起身,他看见了我,在帽檐下冲我眨了一下眼睛。

他从门外回来的时候头上的帽子不见了。"很高兴见到你,卢。"

他没有拍我的肩,但他的握手跟从前一样有力。岁月还是在他身上留下了痕迹。他的发际开始后退,露出了太阳穴;灰色的小眼睛周围满是皱纹;胡子拉碴的下巴两侧开始下坠。想到他比我大还不到五岁,我感到不快。但是格雷夫斯一生坎坷,这让他早衰。

我对他说见到他我也很高兴。我确实很高兴。

"六七年没见了吧。"他说。

"没错。你怎么不在检察院干了?"

"没办法啊。"

"结婚了?"

"还没有。通货膨胀。"他咧嘴笑道,"苏还好吗?"

"你该去问她的律师。她不愿意跟我过了。"

"听你这么说我很难过,卢。"

"没事儿。"我换了话题,"你还在办案子?"

"战后就不干了,在这样的地方靠办案子是养不起自己的。"

"但做些别的事却可以。"我环顾房间。那个冷淡的金发美女脸上挤出了一个微笑。

"这只是充门面而已。我还只是个苦苦挣扎中的律师。但是我正在学习如何与老妇人们交谈。"他露出挖苦的微笑,"进来吧,卢。"

里面的办公室更宽敞、气派,装修也更豪华。两面墙上挂着狩猎的图画。其余的墙上摆满了书。巨大的桌子让他的身材显得小了一号。

"仕途如何啊?"我说,"还记得你不是要当州长的吗?"

"加州的政党已经完蛋了。而且,我对政治已经厌倦了。我在巴伐利亚当过两年市长——那是战时政府的。"

"你可真是个投机分子啊。我那时做的是情报工作。跟我说说拉尔夫·辛普森的事吧。"

"你跟辛普森夫人谈过了?"

"是的。很有意思的经历。但我还是不太明白她到底要我做什么。你知道吗?"

"当然,因为是我让她找你的。"

"为什么?"

"因为辛普森可能需要保护。一个身家五百万的人不应该像他那样冒险。他酗酒成性。在他儿子死后,他变得愈加不可收拾。有时候他好像失去了理智。她有没有告诉你克劳德的事?他送了一所狩猎屋给他。"

"对,那个神职人员。"

"克劳德似乎不是个危险人物,但下一个人就不一定了。我不必跟你强调洛杉矶的情形。像辛普森那样的老酒鬼一个人待在那里不安全。"

"对,"我说,"我明白。但是辛普森夫人好像认为他是跟一个女人跑了。"

"是我让她那样想的。否则她不愿花钱保护他。"

"但是你愿意。"

"花她的钱。我只是他的律师。当然,我很喜欢那个老家伙。"

你还想当他的女婿,我暗想。

"她愿出多少钱?"

"你说吧。五十美元每天,外加开销补助,怎么样?"

"七十五美元。这个案子看来很棘手,我不喜欢。"

"六十五美元。"他笑道,"我得保护我的客户。"

"不跟你争了。也许根本就没什么事。辛普森也许跟朋友在一起。"

"我调查过他的朋友了。他在这边没什么朋友。我可以给你一个名单,但不到万不得已,别在这上面浪费时间。他真正的朋友都在得克萨斯。那是他发家的地方。"

"你对待此事很认真啊,"我说,"干吗不直接报警呢?"

"你不想干这个工作?"

"是的。"

"卢,我不能报警。如果警察帮我找到了他,他会立刻解雇了我。而且我也不敢肯定他不是和女人在一起。去年我就在旧金山一家妓院看到了他。"

"你到那儿干什么?"

"找他啊。"

"这感觉越来越像离婚案。"我说,"但是辛普森夫人坚持她不要离婚。真让人搞不懂。"

"这你就别指望了。我认识她那么多年了都搞不懂她。但我可以在一定程度上控制她。如果遇到什么棘手的事就告诉我。她有几个主要的动机,比如贪婪和虚荣。跟她打交道你一定得注意这些。她不想离婚。她宁愿等他死去来继承他全部的财产,或一半的财产。米兰达继承另一半。"

"这一直是她的动机?"

"对。从我认识她起,从她跟辛普森结婚起就是这样的。之前她一直努力创造自己的事业:跳舞、画画、服装设计。但是她没有才华。她给辛普森当了一阵子情妇,最后嫁给了他。那是六年前的事了。"

"她的腿是怎么回事?"

"驯马时她从马上摔了下来，在石头上磕了脑袋。她再也没能站起来。"

"米兰达认为是她不想走路。"

"你见过米兰达了？"他的眼睛亮起来，"她是个很不错的姑娘，对不对？"

"当然。"我站起身来，"恭喜你啊。"

他的脸红了，没有说话。我从没见格雷夫斯脸红过。我觉得有点尴尬。

在下楼的电梯里他问我："她有没有说我什么？"

"没有。我主动找话跟她说的。"

"她是个好姑娘。"他重复。四十岁的他，好像老房子着了火一样。

来到车前的他马上变了脸色。车的后排座椅上坐着米兰达，旁边还有艾伦·塔格特。"我跟着你来的。我决定和你一起飞到旧金山去。你好，塔格特。"

"你好，米兰达。"

他嫉妒地看了她一眼。她正看着塔格特。塔格特谁都没看。三个人的关系构成了一个三角形，但不是等边的。

4

我们的飞机乘风而上,借着风势飞过机场,攀越南面的山口。从飞机上看下去,山脚下的圣特雷莎是一幅绚丽的图画。一池碧水的海湾中漂着白帆。空气非常清新。陡直的山峰看起来像是纸做的,仿佛触手可及。我们越过山峰,气温渐低。进入视野的是宽约五十英里的荒野,延绵不绝,直到消失在远方的地平线。

飞机慢慢倾斜,转向海的方向飞去。我们的飞机是四座的,可以夜航。我坐在后座。米兰达坐在前排塔格特的右边。塔格特的右手谨慎地操纵着方向盘,而她的眼睛跟随着他的手。飞机平稳地飞行着,他神情自豪。

突然我们遇到下旋气流,飞机跌落了一百英尺。情急中她左手抓住了他的膝盖,他没有推开她。

我看到的一切,阿尔伯特·格雷夫斯一定也看在眼里。只要塔格特想要,那么米兰达的心灵和肉体都是属于他的。格雷夫斯在浪费自己的时间,他会让自己很失望。

我很了解他。米兰达是他想要的一切——金钱、青春、坚挺的乳房、含苞待放的美丽。他决心要得到她。他的一生是先树立目标,然后为之奋斗。

他是俄亥俄州一个农场主的儿子。十四五岁的时候他的父亲失去了农场，不久就过世了。伯特在橡胶厂做了六年的轮胎来养活他的母亲。母亲过世后他进了大学，以优异成绩毕业。不到三十岁他已经拿到了密歇根大学的法学学位。在底特律做了一年的公司法务后他决定来西部。他在圣特雷莎安定下来，因为他从来没见过大山，从没在海里游过泳。他父亲的夙愿是退休后在加州生活。伯特继承了父亲的中西部梦——这包括娶一个得州石油大亨的女儿。

他的梦还未实现。他一直专注于工作，因而没有时间花在女人身上。从担任地方检察官副手、市检察官到地方检察官，他办案子的专注仿佛是在为社会打基础。我了解这些，因为我和他共事过。他的法庭工作被州最高法院的一名法官称作法医工作的典范。而现在，不惑之年的格雷夫斯却决定以头碰壁。

但也许他可以翻墙而过，或者，墙会不攻自破。塔格特的腿抖动着，像是马在撵苍蝇。飞机乘风而上回到了轨道。米兰达拿开了放在他腿上的手。

塔格特脸上掠过一丝愤怒，他拉起方向杆，飞机开始爬升，仿佛这样他就可以将她抛在身后，独自一人翱翔在空中。机顶的温度计上的数字降到了四十以下。在八千英尺的空中，我可以看到飞机向右飞去。几分钟后，我们左转，朝着下方的一个白点——洛杉矶——飞去。

在飞机的轰鸣声中，我喊道："你可以降在伯班克吗？我在那里要处理点事情。"

"我就是要降在伯班克。"

随着飞机盘旋下降，迎接我们的是山谷里那夏天的热浪。还在开发的市郊，是破烂的停车场和空地。热气如同燃烧过的灰烬浮在上空,阻塞了空气,让大街小巷上行驶的汽车都放慢了速度。那无处不在的白色尘土钻入我的鼻孔,让我感到喉咙干燥。回到城市中的我总是感觉喉咙干燥,哪怕只是外出了半天。

机场出租车的调度员穿着红色条纹衬衫,袖子上用铁丝缠着臂章。他的头发灰白,后脑勺上戴着一个黄色棒球帽。经年的风吹日晒和辛苦劳作给了他一张暗红色且愤怒的面孔,以及脸上波澜不惊的气质。

我给他看辛普森的照片,他说有印象。

"对,昨天他来过这里。他看上去不太舒服,因此我注意到了他。他没有喝太多,否则我会叫保安的。只是多喝了几杯。"

"当然,"我说,"有别人跟他在一起吗?"

"我没有看见。"

一个披着两条狐尾的女人从路边走过来。"我现在必须马上去城里。"那两条狐狸好像是被这热天气给折磨死的。

"对不起,女士。但是您得排队。"

"我告诉你了,我很着急。"

"您必须排队,"他不动声色地说,"我们的出租车不足,您知道的。"

他再次转向我,问:"还有什么,伙计?那人有麻烦了?"

"我不知道。他是怎么离开的?"

"一辆黑色的豪华轿车。我注意到那辆车,是因为它没有顶灯。也许是哪家酒店的车。"

"车里有别人吗?"

"只有司机。"

"你认识那司机?"

"不认识。我认识酒店的一些司机,但他们总是换人。那人是个小个子,肤色有点苍白。"

"你记得车型或车牌号吗?"

"我总是保持警惕,但我可不是个天才。"

"谢谢。"我给了他一美元,"我也不是。"

我去了楼上的鸡尾酒吧。米兰达和塔格特坐在那里,看上去像两个陌生人偶然坐在了一起。

"我给瓦莱利奥打了电话,"塔格特说,"车马上就到。"

车来了。开车的司机个子矮小、肤色苍白,身穿裁判员穿的那种亮闪闪的灰蓝色西装,头上戴顶布帽子。但出租车调度员说他不是昨天接辛普森的那个司机。

我坐进汽车的前排座椅。他飞快地转身朝我,神情紧张。他的脸色疲惫,胸部凹陷,眼睛凸出。"您好,先生。"他的声音轻柔而恭敬。

"我们要去瓦莱利奥。昨天下午是你值班吗?"

"是的,先生。"他挂上挡。

"还有别人吗?"

"没有了。值夜班的还有一个人,但是他下午六点才来上班。"

"昨天下午你有接到伯班克机场的电话吗?"

"没有,先生。"他眼中掠过忧虑的神情,这神情显得很适合他。"我不认为我接到过电话。"

"但是你不敢肯定……"

"先生,我很肯定。我昨天没来过这里。"

"你认识拉尔夫·辛普森吗?"

"住瓦莱利奥的那位?是的先生,我的确认识他。"

"你最近见过他吗?"

"没有。有几个星期没见过他了。"

"明白了。告诉我,谁替你接电话?"

"总机接线员。我希望没出什么问题,先生。辛普森先生是您的朋友吗?"

"不是,"我说,"我是他的雇员。"

接下来他一路上都双唇紧闭,一言不发,也许是后悔先前说得太多。下车时我给了他一美元来安慰他。米兰达付了车费。

"我想去看看那所房子,"在酒店大堂里我对米兰达说,"但我需要先与总机接线员谈谈。"

"我先去拿钥匙等你。"

接线员是个冷漠的老处女。她一定在夜梦中想着男人,白天见到他们时却痛恨他们。"什么事?"

"昨天下午你接了一个伯班克机场的叫车电话。"

"我们不回答这类问题。"

"这不是一个问题,是个事实。"

"我很忙。"她说。她的声音像钢镚儿锵锵作响,一双小眼睛明亮犀利,仿佛一角钱的硬币。

我在她手肘边的柜台上放了一美元。她嫌恶地看着那张钞票。"看来我得叫经理了。"

"好吧。我是替辛普森先生工作的。"

"拉尔夫·辛普森先生?"她一下子激动起来。

"是的。"

"但那是他本人打的叫车电话啊!"

"我知道。可然后发生了什么?"

"他几乎是立刻取消了叫车。我还没来得及告诉司机呢。他改变计划了,是吗?"

"很显然。你肯定两次都是他本人打的电话?"

"是的,"她说,"我跟辛普森先生很熟。他多年来都住这儿。"

她捡起那张不干净的钞票,像是怕弄脏了她的桌子,把它放进一个廉价的塑料手提袋中。然后她转身接电话去了,总机上有三盏红灯亮着。

我回到大堂,米兰达站起身来。大堂安静而奢华,有着厚重的地毯和椅子。身穿紫色制服的服务生在一旁关注着我们。她移动步伐,好似博物馆里年轻的女神像活了过来。"拉尔夫大概有一个月没来过这儿了。我问了助理经理。"

"他给了你房间的钥匙吗?"

"当然。艾伦已经开门去了。"

我跟着她穿过一段走廊,走廊的尽头是一扇锻铁打造的门。主楼后的空地由一条条小的林荫道组成,小道两旁是一座座平房,点缀在阶梯式的草坪和花床中。这些房子占了一个街区,周围被监狱般的石头墙围绕着。但是石墙后的罪犯们过着殷实的生活。这里有网球场、游泳池、餐厅、酒吧和夜总会。他们所需要的只是一个鼓起的钱包或是一沓空白支票。

辛普森的平房比其他大多数房子都要大,而且有更多的阳台。房子的侧门开着。我们经过了一个房间,里面横七竖八堆满了看似坐着很不舒服的西班牙椅子,然后来到了一个有着高高的橡木天花板的大房间。

在没生火的壁炉前,有一张长睡椅。塔格特趴在上面翻着一本电话簿。"我得给一个老朋友打个电话。"他抬起头似笑非笑地看着米兰达,"既然我不得不在这儿待一阵子。"

"我还以为你要跟我在一起。"她犹豫着高声说道。

"是吗?"

我环顾房间。房间的设计很大众化,没有特点,跟大多数的宾馆房间差不多。"你父亲把他的个人物品放在哪儿?"

"在他的房间里,我猜。他这里没多少东西,只是一些换洗的衣物。"

她带我去厅那边卧室的房门。她开了灯。

"他都做了什么?"她说。

房间由十二面墙构成,没有窗子。背景灯光是红色的。从天花板上垂下来一层层厚重的红色物体遮住了墙壁。房间正中央有一张沉重的椅子和床,上面也被暗红色的物体覆盖着。最绝的是天花板中央的一面圆形的镜子,将房间里的一切倒映其中。我在记忆中努力搜索与此相似的东西:墨西哥城的一个拿破仑风格的妓院——我在办案子时去过那里。

"如果他要在这儿睡觉,难怪他得喝那么多酒。"

"这里以前不是这样的,"她说,"他肯定重新装修了房间。"

我巡视房间。十二面墙的每一面上都用金子镶嵌着十二星座中的一个造型:射手、金牛、双子和其他九个星座。

"你父亲对占星术感兴趣?"

"是的。"她面带惭愧地说,"我曾试过劝他,但没有用。鲍勃死后,他有点走火入魔。但是我不知道他居然到了这地步。"

"他有专门的占星家吗?到处都是这样的人。"

"我不知道。"

我发现可移动的帘子后有一个通往壁橱的入口。壁橱里堆满了西装、衬衫和鞋子,从高尔夫运动装到晚礼服。我逐一翻看衣服的口袋,在一件夹克胸前的口袋里我发现了一个钱夹,里面装着一沓二十美元的钞票和一张照片。

我把照片举到壁橱的灯光下查看。照片中的人有着一张女巫一样的脸,深色忧郁的眼睛和下垂的嘴巴。她黑色的长发一直垂到黑色礼服高耸的领口。礼服与照片的艺术阴影在底部融为一体。阴影之上的白色字体看似是女人的笔迹,写着的是:"致拉尔夫,送上我真挚的祝福。费伊"。

我应该认识这张脸。我记得她眼神中的忧郁,但是仅此而已。我把钱夹放回了辛普森的夹克,然后把那张照片收好。

当我回到房间的时候,米兰达正躺在床上。她的裙摆撩起,放在膝盖之上。在玫瑰色灯光的映照下,她的身体好像在燃烧。她闭着眼睛说:"嘿,这房间让你联想起什么吗?"

她的发梢也好似在燃烧。她上扬的脸颊上面无表情,苗条的身躯像是祭坛上正待焚烧的祭品。

我穿过房间,把手放在她肩上。红色的灯光透过我的手掌,我看到自己手掌下的骨骼。"睁开眼睛。"

她微笑着睁开了双眼。"你看到了,对不对?天堂祭坛上的祭品。像是小说《萨朗波》中的场景。"

"你果真是读了不少书嘛。"我说。

我的手仍放在她肩上,我能感觉到她古铜色的躯体。她转过身来,把我拉向她。她的双唇灸热地落在我的面颊上。

"发生了什么?"塔格特在门口问道。脸上的红光让他看起来显得暴躁,但仍挂着那招牌式的似笑非笑。刚刚发生的事情让他觉得好笑。

我站起身,抚平我的外套。我可一点儿都不觉得好笑。我很久没有碰过米兰达这样年轻的身体了。她让我血脉贲张，像是赛场上狂飙的马儿。

"你大衣口袋里硬邦邦的是什么东四？"米兰达转移了话题。

"我带着枪。"

我拿出了那张昏暗的女人照片给他们两人看。"你们以前见过她吗？她自己的署名是'费伊'。"

"我从没见过这个人。"塔格特说。

"没有。"米兰达说。她微笑着用眼睛的余光看他，仿佛刚获得了一场胜利。

她在利用我来刺激他，这让我恼火。这红色的房间也让我恼火。你仿佛进入了一个疯子的大脑，你看不到外面，除了它本身颠倒的影像，你什么也看不到。我走出房间。

5

我按响了门铃。一分钟之后,话筒里传来了一个女人浑厚的声音:"请问是哪位?"

"卢·阿彻。莫里斯在家吗?"

"在。请上来吧。"话筒里传来了门铃的声音,她开了公寓大堂里面的门。

我走到楼梯尽头时,她已经在那儿等着了。她身体发福、一头掺杂着银丝的金发,脸上洋溢着美满婚姻的幸福感。"好久不见。"我冲她挤了挤眼睛,但她没有注意到。"莫里斯今天起得比较晚,他还在吃早饭。"

我看了一眼手表,已经三点半了。莫里斯·克拉姆是一名夜班专栏记者,他的工作时间是晚七点到凌晨五点。

他的太太领我穿过一个起居室兼卧室的房间,里面堆满了纸张、书籍,还有一张未整理的单人床。莫里斯身穿睡衣坐在厨房的餐桌前,低头瞪着桌子上的两个煎蛋。煎蛋也似一双眼睛一样地瞪着他。他是个肤色黝黑的小个子男人,一双锐利的黑眼睛藏在厚厚的镜片后面。而他的大脑是一个储藏了整个洛杉矶重要数据的索引目录。

"早上好,卢。"他没有起身。

我在他对面坐下来。"现在是傍晚了。"

"对我来说是早晨。时间是个相对的概念。罗伯特·路易斯·史蒂文森说过——夏天我是顶着头上金色的阳光上床睡觉的。今天早上你想了解我脑子哪个部分的内容?"

他说"早上"二字时加重了语气,而克拉姆太太这时给我倒上了一杯咖啡,以示强调。他们几乎让我相信我是刚从一个关于辛普森的梦中醒来。我倒是不介意辛普森不过是南柯一梦而已。

我把"费伊"签名的那张照片给他看。"你认识这张脸吗?我有种感觉,我见过这张脸,也许她常出现在照片里。她像个演员。"

他盯着那张照片。"半老徐娘。四十来岁。但照片是战前拍的,也许实际年龄比这要老十岁。她是费伊·艾斯塔布鲁克。"

"你认识她?"

他用叉子戳一个鸡蛋,看着黄色的蛋液流到盘子里。"我见过她。她曾是珍珠白时代的一个明星。"

"她结婚了吗?"

"我不知道。我不认为她的上一次婚姻维持了下去。她靠打零工维持生计。西米恩·孔茨让她在他的电影里扮演角色。他以前是她的导演。"

"她不会是个兼职的占星师吧?"

"这有可能。"他使劲地戳着第二个鸡蛋。不知道问题的答案让他感到很没面子。"我没有她的信息,卢。她已经不再重要了。但她一定有些收入。她时常小小地挥霍一笔。我见过她去查森餐厅吃饭。"

"总是她一个人,我猜。"

他板起小脸,一脸严肃,像骆驼一样咀嚼着嘴里的食物。"你小子什么都想知道,但你可没付钱给我。"

"五美元,"我说,"我付得起。"克拉姆太太飞快地走过来给我续了杯咖啡。

"我不止一次见她跟一个老式的英国人在一起。"

"他什么样子?"

"白发但不太成熟,蓝灰色眼睛、中等身材、清瘦。穿着考究。如果你喜欢歌剧中的男歌手类型的话,那么他算得上英俊。"

"你知道我喜欢那类型。还有其他人吗?"我不能给他看辛普森的照片,也不能提辛普森的名字。他得到的报酬是要独立提供信息,尽管这报酬相当低。

"至少有一次,她跟一个貌似游客、穿着奢华而低俗的胖男人共进晚餐。他喝得酩酊大醉,不得不让人搀扶着走出门。那是几个月之前的事情了。那以后我没再见过她。"

"你知道她住哪儿吗?"

"在城外的什么地方,我不太清楚了。不管怎样,我已经给了你价值五美元的信息。"

"我承认。但我还有一个问题。西米恩·孔茨在忙什么吗?"

"他在电视制作公司的片场拍一个独立影片。她可能在那儿。我听说他们正在拍摄。"

我把钞票给他。他在钞票上亲了一下,然后假装用它点燃了一支烟。他的太太从他手中一把夺过了钞票。我离开时,他们在厨房里互相追逐欢笑着,像一对心情不错的疯子。

出租车在公寓楼前等着我。我坐车回了家,开始查询洛杉矶和近郊的电话簿。没有费伊·艾斯塔布鲁克的记录。

我给环球影城的电视制作公司打电话找费伊·艾斯塔布鲁克,接线员不知道她是否在片场。她必须去问别人。在这么一个小片场里,说明作为一个演员，费伊确实已经过气了。

接线员回到电话前："艾斯塔布鲁克太太在这里，但她目前在工作。需要留言吗？"

"我过去吧。她在几号舞台？"

"三号。"

"西米恩·孔茨是导演吗？"

"是的。但你得有通行证。"

"我有。"我撒了谎。

我离开之前犯了个错误，我把枪摘下来挂在了大厅的衣柜里。这样的热天气戴着枪套很不舒服。我没有预料会用到枪。衣柜里有一袋子用过的高尔夫球棍。我把它们拿到车库，扔进了车的后备厢里。

环球影城的灰泥外墙像是发黄的衣领。电视制作公司的楼房比其他楼房要新一些，但身处街道两旁一些冷清的酒吧和破烂的餐馆之间，并不显得扎眼。建筑物灰泥的外墙一看就是偷工减料，仿佛本就不打算维持得太久。

我在一个居民区的街角泊好车，然后拖着那袋子高尔夫球棍来到了片场门口。前期制作办公室的外面有一排直背的椅子，上面坐了十几个人，他们竭力做出一副很受追捧和扬扬自得的样子。

一个身穿笔挺但破旧的黑西装的女孩摘下她的手套，然后又戴了回去。一个面色沉重的女人坐在那里，膝上坐着一个同样面色沉重的小女孩。小女孩穿着粉色的丝绸，哭泣着。这是一群典型的过气的演员——胖的、瘦的、有胡子和没胡子的、身穿礼服的、戴宽边帽的、憔悴的、热衷酗酒的、衰老的。他们庄严地坐在那里，无所事事。

我离开那片喧嚣，穿过昏暗的大厅，朝旋转门走去。一个下巴肥厚的中年男子坐在门口。他身穿蓝色的保安制服，头戴黑色鸭舌帽，腰上挂着黑色的枪套。我在门口停下来，抱起那袋高尔夫球棍，好像它们对我非常重要。那保安眼睛睁开一半，打量着我。

在他还没来得及发出任何疑问之前，我抢着说："孔茨先生急着要这个。"

大制片厂的保安要查通行证、证明信，全身搜查，就差看人肚子里有没有藏着手榴弹了。独立制片厂的规矩要松一些，我决定冒这个险。

保安开了门，示意我进去。我来到了一条白热的小巷子里，巷子仿佛是通往迷宫的入口。我发现自己迷失在没有名字的楼群中。我转弯走上了一条名为"西大街"的土路。前方有两个油漆工正在粉刷年久失修的大厅门脸。大厅有着旋转门，门后是空的。

"三号舞台在哪里？"我问。

"右转，然后在第一个路口左转。走到纽约公寓前你就能看到在街对面就是它的牌子。"

我向右转，经过了伦敦大街和先锋小木屋，然后在大陆酒店前左转。那些仿真建筑的外观远看非常逼真，近前看却丑陋、劣质，以至于我开始怀疑自己是不是真的。我想扔掉那袋子高尔夫球棍，到大陆酒店里跟那些鬼魂们喝一杯酒。但是鬼魂是没有汗腺的，而我在不停地出汗。我应该拿轻一点儿的东西，比如羽毛球拍。

摄影棚的内部复制了剧院的结构，有着红色绒面的乐团座位和包厢，还有镀金的洛可可式装饰。乐池是空的，舞台也是空的，但前排的观众席上有一小堆人。一个穿着衬衫的年轻男子正调着一个悬挂的小型聚光灯。他命令打开灯光，聚光灯照亮了前排观众席中央的一个女人的脑袋，她面对着摄影机。我走到通道的侧面，在灯光熄灭之前，我认出她就是费伊。

灯光再次亮起，接着传来机器的轰鸣声，然后房间里一片寂静。那女人的声音打破了寂静：

"他真棒，对不对？"

她转向身边一个胡子灰白的男子，轻轻摇他的胳膊。他微笑着点头。

"停！"一个神色疲惫的秃头小个子男人喊道。他穿着入时的浅蓝色华达呢上衣，从摄像机的后面站了起来。他侧身向着艾斯塔布鲁克说："费伊，你是他的母亲。他在舞台上倾心为你歌唱。这是他的第一次机会，也是多年来你一直梦想和祈祷的。"

他充满感情的中欧口音如此具有说服力，我不禁朝舞台看了一眼。舞台还是空的。

"他很棒，对不对？"那女人感情充沛地说。

"好一些，好一些了。但是记住你不是在问一个问题，而是在强调一个事实。重音要落在'很棒'上。"

"他很棒，对不对！"那女人喊道。

"再多些重音，多些感情，亲爱的费伊。把你的母爱全部倾注到正在台上灯光中演唱的儿子身上。再来一次。"

"他很棒，对不对！"那女人近乎愤怒地喊道。

"不对！不要故弄玄虚，不要故作深沉。要单纯、热烈，要单纯地去爱。明白了吗，费伊？"

她看起来愤怒得快要疯了。房间里所有的人，从助理导演到道具师都满怀期待地看着她。"他很棒，对不对？"她声音嘶哑地说。

"好多了。"小个子男人说。他示意灯光和摄像机。

"他很棒，对不对？"她又说了一遍。灰白胡子的男人微笑着点头。他把手放在她手上,他们微笑着注视对方的眼睛。

"停!"

他们脸上的微笑变成了疲惫和无聊。灯光熄灭了。小个子导演呼叫第七十七号。"费伊,你可以走了。明天八点钟再来。睡个好觉,亲爱的。"听起来他很不高兴。

她没有说话。另一组演员在舞台的两侧聚集,摄像机转向他们。她站起身来走向中央通道。我跟着她走出了昏暗如库房一般的建筑,来到阳光下。

我站在门口看着她走远。她步伐缓慢,动作有点随意和漫无目的。她邋遢的戏服——黑色的帽子、寡妇的面纱和朴素的黑色外套——让她姣好的身材显得笨拙。也许是阳光晃着我的眼睛,或仅仅是一时的多愁善感,但我感到片场空气中浮动的那股无色无味的邪恶正笼罩着这个黑色的沉重身影,游荡在那条空旷的街道上。

当她消失在大陆酒店的拐角处后,我拾起高尔夫球袋跟上去。我又开始出汗了。我感觉自己像个上了年纪的球童,那种永远都成为不了专业人士的球童。

她加入一群年纪、体形各异的女人之中,朝大门方向走去。在到达门口之前,她们转进了一条巷子。我小跑着跟上去,看见她们消失在一个标着"更衣室"牌子的灰泥拱门下。

我推开保安旁边的转门往外走。保安记得我和那高尔夫球棍:

"他不是需要这个吗?"

"他转而决定打羽毛球了。"

6

她出来的时候,我正开着发动机在车里等着。车停在大门口附近黄色的马路牙边。她换上了一套剪裁入时的深色套装,一顶小帽子斜扣在头顶上,上了人行道朝反方向走去。不知道是她的意志力还是紧身胸衣的原因,她看上去身型挺拔,从后面看仿佛年轻了十岁。

在离我半个街区的位置,她在一辆黑色的轿车旁停下来,打开车门坐了进去。我悄然驶入了车流中,让她插入我前方的车道。那是一辆崭新的别克。我并不担心她会注意到我的车。洛杉矶县满是这种蓝色的敞篷车,而且大马路上的车流像旋转的万花筒一样变化莫测。

她在万花筒中加入了自己的图案。她开得很猛,不停地变换车道,但是她的技术不错。在高架桥上时,我不得不开到七十英里才能将她保持在视野里。我不认为她注意到我了,她只是在自娱自乐。她保持着五十英里的速度沿着落日大道向海的方向驶去。到达比弗利山庄的拐弯时她开到了五十五到六十英里左右。她的车很重,轮胎被摩擦得很厉害。我的车比较轻,但跟她一样,我也是在赌博,因为我得跟离心力较劲。我的车轮震颤,发出尖锐的摩擦声。

最后在到达通往山上花园那段长长的、循环下降的坡道时,我让她驶远,几乎驶离我视线之外。一分钟后当她右转离开大道时,我在直道上再次看见她。

我跟着她驶上一条标明叫作"伍德朗"的盘山公路。当我驶出一个弯道时,她在前方一百码处来了一个大转弯,驶入了一条私人车道。我在原地停下来,将车泊在一棵桉树下。

透过人行道边上排列的山茶树的枝桠,我看到她爬上了通往一座白色房子的台阶。她开门走了进去。房子有两层,远离街道,被树木环绕着。房子的车库修建在山的一侧。对于一个过了气的女演员来说,这是一幢很不错的房子。

我很快就厌倦了老是盯着那紧闭的房门。我脱掉了大衣,摘下领带,把衣物折起放在车后座上,然后挽起袖子。后备厢里有一个长嘴的油壶,我把它拿上。我径直走上那条私人车道,越过别克车,走进了敞开的车库门内。

车库很大,大得除了那辆别克,还足可以装下一辆载重两吨的卡车。奇怪的是看来好像真有一辆很重的卡车最近来过这里。水泥地板上有很宽的轮胎痕迹和厚厚的油污。

后面墙上方有一个很小的窗子。窗子望出去与后院的地面齐平。一个膀大腰圆、身穿猩红色运动衫的男子背朝着我坐在一张帆布椅子上。他的短发看起来要比拉尔夫·辛普森的更浓密、乌黑。我踮起脚尖把脸贴在窗玻璃上。虽然玻璃的表面很脏,但眼前的画面非常清晰:身着猩红色上衣的男人浑然不觉,他脊背宽阔,身旁放着棕色的啤酒瓶和装着咸花生的玻璃碗,脑袋上方的橘子树上悬挂着尚未成熟的、如暗绿色高尔夫球般的果实。

他侧身用弯曲的手指去抓那碗花生。他的手没够到碗,在草地上摸索着,像一只跛脚的龙虾。然后他回头,我看到了他的侧面。那不是辛普森的脸,也不是一个身穿猩红色上衣的男子应该有的脸。那是一个风格粗犷的雕塑家手下凿出的石头一样的脸,它讲述着一个二十世纪的典型故事:太多的争斗、太多的野蛮,和有限的智慧。

我回到轮胎印记处俯身检查。我没有别的事可以做,只能待在这里。车道上响起簌簌的脚步声。

门口传来了猩红上衣男人的声音:"你在这里做什么?这儿不是你该来的地方。"

我拿起油壶,冲着墙喷了一下。"别碍我的事。"

"那是什么?"他费力地说。他肥厚的上嘴唇遮着整张嘴巴。

他个子不比我高,块儿头也不大,但是他却给人相反的印象。他让我紧张,那感觉就像是在主人的家门口遇上他凶巴巴的看门犬。我站起身来。

"没错,"我说,"你们有这玩意儿。"

我不喜欢他冲我走过来的样子。他的左肩向前,收着下巴,看起来像个职业拳击手。

"你什么意思?我们这儿有什么玩意儿?我们这儿没有你要的东西,你在这儿是自找麻烦!"

"白蚁。"我飞快地说。他离我很近。我可以闻到他混杂着啤酒、咸花生和龋齿味道的口气。"你告诉戈德史密斯太太,她这儿闹白蚁。"

"白蚁?"他个子不高,我可以一拳把他击倒,但是他肯定还会站起来。

"吃木头的小昆虫。"我又往墙上喷了一些油。"它们真麻烦。"

"那个壶里装的是什么?"

"这个壶?"

"对。"我已经跟他搭上话了。

"是白蚁杀虫剂,"我说,"吃了这个它们就玩完了。你告诉戈德史密斯太太她这儿有白蚁,好吗?"

"我不认识什么史密斯太太。"

"这房子的女主人。她打了电话到总部,要人过来检查。"

"总部?"他狐疑地说。他空洞的小眼睛上布满伤疤的眉毛像是百叶窗。

"白蚁控制总部。克朗博格是南加州地区的白蚁控制总部。"

"噢!"他终于听懂了我的话。"但这里没有什么戈德史密斯太太。"

"这儿不是桉树巷吗?"

"不,这儿是伍德朗巷。你来错地儿了,兄弟。"

"真抱歉,"我说,"我以为这儿是桉树巷。"

"不,这里是伍德朗。"他对我愚蠢的错误觉得好笑。

"我得赶紧走了。戈德史密斯太太一定在找我。"

"好吧,但是你得稍等一下。"

他左手飞快地抓住了我的衣领,举起了右拳。"不要再来这里胡闹。这里不是你该来的地方。"

他脸涨得红红的,眼睛瞪得大大的,一副怒火中烧的模样。他卷起的嘴角渗出唾液。跟斗牛犬相比,你很容易判断一个愤怒的斗士将要做什么,而且他更危险。

"你瞧,"我举起了油壶,"这东西可以弄瞎你的眼睛。"

我用油壶冲着他的眼睛喷去。他发出一声号叫——为那想象中的疼痛。我向一旁侧身。他的右拳擦过我的左耳,火辣辣地疼。他紧握的拳头抓着我被扯松的上衣领子。他用右手遮住被油喷到的右眼，像婴儿一样地号叫。他害怕眼睛瞎掉。

我跑出去一半的时候，身后的门开了。但我没有回头看。我躲进篱笆的转角处，然后继续朝我停车的反方向奔跑。我绕着街区跑了一圈。

当我回到自己的车子前时，街上已经空无一人。车库的门关上了，但那辆别克仍停在车道上。树丛中的白房子在暮色里看起来宁静纯洁。

房子的女主人再次现身时，天几乎已经黑了。她身穿一件豹纹大衣。在别克车倒出来之前，我驶过私人车道的出口在日落大道上等着她。她开得比来时更猛，更漫不经心，一路驶过好莱坞、韦斯特伍德、贝沙湾和比弗利山庄。我紧紧跟随着。

在接近好莱坞与韦恩拐角的地方，她驶入了一个私人停车场，然后下车离开。这里的景象与先前的大不一样。我把车侧方向停在街边，看着她走进斯威芙特餐厅。她走路的神态扬扬自得，像是去赶赴一场盛宴。我于是回家去换衣服。

我有冲动把衣柜里的枪带在身上，但我抑制住了这种欲望。我采取了折中的做法——把枪从匣子里拿出来放到车的储物箱里。

7

斯威芙特餐厅的里屋装饰着黑色的橡木板,在磨光的黄铜枝形吊灯下幽暗地闪着光。餐厅两边是沙发卡座,其余的空间则摆满了桌子。所有卡座都满了,大部分桌子前也坐了人,他们衣着考究,有的正在用餐,有的在耐心等待着食物上桌。大多数女宾都将自己饿得皮包骨头,而大多数男宾都有着莫名其妙的好莱坞式的气概。他们一律言辞激昂、手势夸张,摆出一副上帝宠儿的模样。

费伊·艾斯塔布鲁克坐在后面的卡座里,她桌子对面的人只露出肘部。他身穿蓝色法兰绒,身体其余部分都被隔断遮住了。

我走到第三面墙旁边的吧台,去要一杯啤酒。

"巴斯、黑马、白朗姆,还是吉尼斯黑啤?六点钟后我们不卖本地啤酒。"

我点了一杯巴斯,给了酒保一美元,告诉他不用找钱。于是他没有找钱就走开了。

我探身向前,从吧台后面的镜子观望。我看到了费伊·艾斯塔布鲁克的大半个脸。她表情急切,嘴唇飞快地一张一合地说着什么。这时候,那个男子站起身来。

他是那种经常跟年轻女人在一起的男人。他举止优雅,难以判断年龄，岁月在他身上不留痕迹。他是克拉姆所说的那种上了年纪的奶油小生。他身上的蓝色夹克非常合身，颈上白色的丝巾映衬着闪闪的银发。

他跟一个站在卡座旁红头发的男人握手。当那红发男子转身走回屋子中央的座位时，我认出他是大都会报社的签约作家——罗素·亨特。

银发男子向费伊·艾斯塔布鲁克挥手道别，然后朝门口走去。我从镜子里看着他。他走路的姿势干净利落，目不斜视，旁若无人。对他来说，房间确实跟空的一样——没有人向他举手示意或微笑。当他走出房间后，有几个人回头看，还有的扬了扬眉毛。费伊·艾斯塔布鲁克一人留在卡座里，孤零零地，仿佛染了他的病毒可能会传染给别人。

我拿着酒杯来到了罗素·亨特的桌前。他跟一个长着丑陋大鼻子的胖男人坐在一起。那人的鼻尖向上挑着，有着掮客一样明亮的小眼睛。

"出版生意怎么样，罗素？"

"你好，卢。"

但见到我他并不高兴。我工作的时候一周挣三百美元，完全是乡下人的收入。他一周的薪水是一千五百美元。他从前在芝加哥做过记者。他的第一部小说卖给了大都会出版社，但他从此再没写过一本书。亨特从一个前途无量的少年天才变成了一个患有偏头痛的倔老头。他有一个游泳池但不敢用，因为他害怕水。我曾帮助他跟第二任妻子离婚，但他的第三任妻子也好不到哪儿去。

"坐吧，坐吧。"看我没有要走的意思，他说道。

"喝一杯吧，酒能消愁。但我从不借酒浇愁，因为我就能替人消愁。"

"等等,"小眼睛的人说,"如果你是个有创造力的艺术家,那么你可以坐下来。如果你不是,那么不要浪费我的时间。"

"蒂莫西是我的代理人,"罗素说,"我是给他生金蛋的鹅。你看他的手指紧张地把玩着牛排刀,他的眼睛渴望地盯着我的喉咙。我觉得这可不是什么好兆头。"

"他是这么认为的,"蒂莫西说,"你是艺术家?"

我在一张椅子上坐下。"我是一个实干家,一条机智的猎犬。"

"卢是个侦探,"罗素说,"他挖别人的罪恶秘密然后把它们晾在喜好八卦消息的世人眼前。"

"你简直无耻透顶了!"蒂莫西兴高采烈地说。

我不喜欢这个玩笑,但我是来获取信息的,不是来玩闹的。他看我脸色不好看,于是转头去跟身旁的侍者搭讪。

"跟你握手的那个人是谁?"我问罗素。

"系丝巾的那位优雅男士?费伊说他叫特洛伊。他们以前结过婚,所以她应该知道的。"

"他是做什么的?"

"我不太清楚。我在棕榈泉、拉斯维加斯和提华纳都见过他。"

"拉斯维加斯?"

"我想没错。费伊说他是个进口商。但我才不相信呢。"他记起自己的角色。"有意思的是,很多令人难以置信的事发生了。上个降灵节我那古灵精怪的妹妹生了一个非常可爱的孩子,这太让人难以置信了。她在第一次婚姻中就成了格雷斯托克太太。"

他忽然停止了自己的喋喋不休。他的脸再次变得阴郁。"再来一杯。"他对侍者说,"双份的苏格兰威士忌,每次都要这个。"

"稍等一会儿,先生。"侍者是个消瘦的老人,有着图钉一样的黑眼睛。"我正在给这位先生点餐。"

"他不愿给我服务。"罗素挥舞着胳膊做了个滑稽的动作表示失望,"我看来是又老又瞎了。"

侍者不理会他,装作正在仔细聆听蒂莫西讲话。

"但是我不要法式薯条。我要烤土豆。"

"我们没有烤土豆,先生。"

"难道你们不可以做吗?"蒂莫西说。他向上翻着的鼻孔很是刺目。

"需要三十五到四十分钟,先生。"

"噢,天哪!"蒂莫西叫道,"这是个什么鬼餐厅啊!罗素,咱们去查森餐厅吧。我一定要吃烤土豆。"

那个侍者站在那儿,宛如隔岸观火一样地看着他。我环顾四周,看见费伊·艾斯塔布鲁克仍坐在桌前,喝着一瓶葡萄酒。

"'查森'已经禁止我入内了,"罗素说,"因为我是共产党情报局的代理人。我和一个纳粹为一个坏蛋写了一部剧本,于是我成了共产党情报局的代理人。我的钱就是这么来的,朋友。是肮脏的莫斯科的金子。"

"少废话了,"我说,"你认识费伊·艾斯塔布鲁克吗?"

"稍微有点儿交情。几年前她开始红的时候我跟她打过交道。再过几年她过气时,我还得跟她打交道。"

"给我们介绍认识一下。"

"为什么?"

"我一直想认识她。"

"卢,你搞什么鬼啊?她老得都可以当你老婆了。"

我用一种他能听懂的方式说:"我年轻时很崇拜她。"

"如果他需要,你就给他引荐一下,"蒂莫西说,"侦探让我紧张。这样我就可以安心吃我的烤土豆了。"

罗素费力地站起身来,好像他红发的脑袋上顶着的是天花板。

"晚安,"我对蒂莫西说,"及时行乐吧。"

我端起酒杯带着罗素穿过房间。"不要告诉她我是做什么的。"我在他耳边说。

"你当我是谁?我怎么会在大庭广众之下揭你的老底儿呢?私底下就另当别论了,洗别人的脏衣服可是我的癖好。"

"衣服一脏,我就扔了。"

"但那多可惜啊!将来可得给我留着。只要寄到诊所来,写上克拉夫特·埃宾转交就可以了。"

艾斯塔布鲁克夫人抬头看着我们,一双眼睛像黑色的探照灯。

"这是卢·阿彻,费伊。他是共产国际的代理人。私底下他很崇拜你。"

"这可太好了!"她说。她的声音用来扮演一位母亲真可惜。"您请坐。"

"谢谢。"我在她对面的皮椅子上坐下。

"抱歉,"罗素说,"我得去照看一下蒂莫西。他在跟服务生较劲。明晚就该他照看我了。很好,就这样!"他自言自语地走开了,我们听不懂他嘴里叽里咕噜说着什么。

"偶尔被人们记起的感觉可真好。"那女人说,"我的朋友们大都不在了,被忘却了。海琳、佛洛伦斯和梅——她们都离去而被人们忘记了。"

她酒后的多愁善感,半真半假,比起罗素让人抓狂的含糊其辞,更让人愉悦一些。我趁机说:"世间的荣耀常常转瞬即逝。海琳·查德威克是那个时代的伟大演员。但你直到现在依然是个伟大的演员。"

"我是不愿放弃啊,阿彻。但是那种生活已经不再。我们曾经那么热爱电影,爱得发狂。我事业巅峰期每周挣三千块,但我们并不是为了钱在工作。"

"人生如戏啊。"引用别人的话让我觉得不那么尴尬。

"应该说'人生曾经如戏'。现在世道变了。人们不再真诚,缺乏生命力,我自己也是如此。"

她倒光了那半瓶子雪利酒剩余的最后一滴,一饮而尽,神色忧伤。我慢慢地啜着我的酒。

"你看起来很不错。"我的目光滑向她半敞开的裘皮大衣。她身材丰满,腰肢纤细,丰乳肥臀,对于她的年纪,应当说是保养得相当好了。她浑身洋溢一种神秘固执的女性力量,像一只骄傲的猫。

"我喜欢你,阿彻。你很有同情心。告诉我你的生日。"

"你是说年份吗?"

"是日子。"

"六月二日。"

"真的吗?我没有想到你会是双子座的。双子座的人没心没肺。他们像双胞胎一样有着双重人格,过着双重生活。你很无情吗,阿彻?"

她俯身过来,大大的眼睛瞟着我。我无法判断她是在开我的玩笑还是开自己的玩笑。

"我跟人自来熟。"我努力打破这种气氛。"孩子和狗都爱我。我养花,懂得园艺。"

"你是个愤世嫉俗的人,"她缓缓地说,"我以为你富有同情心,但你是风向星座的,我是水向的。"

"我俩可以组成一支完美的海空救援队。"

她微笑着娇嗔道:"你难道不相信星座吗?"

"你相信吗?"

"我当然相信——它是非常科学的。面对那些事实,你无可否认。比如,我是巨蟹座的,任何人都看得出来。我敏感、有想象力。我不能没有爱情。我爱的人可以将我玩弄于股掌之间,但是我执迷不悟。像很多巨蟹座的人一样,我有着不幸的婚姻。你结婚了吗,阿彻?"

"现在没有。"

"就是说你结过婚?你会再婚的。双子座的人一向如此,而且经常娶比自己年龄大的女人。你知道吗?"

"不知道。"她咄咄逼人的声音试图主导我们的谈话,让我有点儿招架不住。"但是你很让人信服。"我说。

"我讲的都是事实。"

"你应该以此为职业。像你这样的高谈阔论者是能够以此谋生的。"

她眯起了大眼睛,像是城堡的两只黑色的窥视孔,透过它们她打量着我,然后再睁大眼睛。她的眼睛看似两池黑暗中纯净的水,但却是下了毒药的井水。

"哦,不,"她说,"我从来不拿这个当职业。这是我的一个天赋——巨蟹座经常是可以通灵的。我觉得我有义务来使用这个天赋,但不是为了钱,而是为了我的朋友。"

"你很幸运,有独立的经济来源。"

她捏着的细脚玻璃杯从手中滑落,在桌子上碎成了两截。"这就是你的双子座特性,"她说,"总是在寻找事实。"

我略为一惊，随即打消了念头。她只是随便说说却不小心猜了个正着。"我无意打听的。"我说。

"哦，我明白。"她突然起身，她身材健硕，我能感到她站在我身旁的分量。"我们离开这儿，阿彻。我又开始拿不稳东西了。咱们去个可以谈话的地方。"

"好啊。"

她在桌子上放了一张大额的钞票，趾高气扬地走了出去。我跟随着她，对此意外的成功感到高兴，同时我觉得自己像一只雄蜘蛛，将要被雌蜘蛛活活吃掉。

罗素坐在桌前，双臂抱着脑袋。蒂莫西正冲着餐馆的领班叫嚷着，那模样像是猎犬围获了一只毫无防御能力的小动物。领班在解释着烤土豆将在十五分钟之后上来。

8

在好莱坞罗斯福酒吧里,她抱怨着空气不好,还说自己又老又可怜。我劝她不要胡思乱想。但我们还是换到了斑马房间酒吧。她转而喝起了不加冰的爱尔兰威士忌。在"斑马房间",她指责邻桌的一个男人用污蔑的眼神看她。我建议到外面透透气。她沿着威尔舍尔大道开下去,那架势像是要开到另一个时空里去。我不得不替她将车泊在大使宾馆前。我自己的车留在了斯威芙特餐厅。

她跟大使宾馆的酒吧招待争吵,说他在转身的时候嘲笑她。我带她到楼下的霍顿公园酒吧,那里通常人不多。不论走到哪里,都有人认得她,但是没有人加入我们或起身打招呼。连侍者都爱答不理的。她显然已经过气了。

除了吧台另一端的一对情侣,霍顿公园酒吧里空荡荡的。酒吧在一个地下室里,铺着厚地毯,光线柔和,像个殡仪馆。我们在这儿消磨着时间。艾斯塔布鲁克太太面色苍白,如同僵尸。但她是个可以站立、观察、说话、喝酒,甚至还可以思考的僵尸。

我试图将话题引向瓦莱利奥,希望她能提起这个名字。再来几杯,我就可以冒险建议去那儿看看。我跟她一起喝,但量不足以对我产生影响。我漫无目的地聊着,她毫无戒备之心。我在等待着她醉到酒后吐真言的地步。她很快就会和我无话不谈。

我从吧台后面的镜子里注视着自己的脸。我不喜欢这张日渐消瘦和凶残的脸。我的鼻子太窄，耳朵离脑袋太近。我外侧的眼角重叠，这使我有点儿三角眼。通常我喜欢自己的样子，但今晚我的眼睛却看起来像被锤子钉进眼皮里的小石楔子。

她俯身趴在吧台上，下巴搁在手上，低头直视着半空的酒杯。那让她身体挺拔和面容姣好的骄傲神情不见了。她蜷缩在那里品尝着她堕入谷底的悲惨生活，她低声哀怨道：

"他从来不懂得照顾自己，但是他的身体强壮得像个摔跤手，有着印第安酋长的头脑。他有一半印第安人血统。他人一点也不坏，是个很可爱的家伙。安静、轻松、话不多。但他富有激情，是个真正对女人专一的男人。他是我见过的最后一个这样的人。他得了肺结核，在一年夏天他死了。我的心都碎了。至今我都无法忘记他。他是我唯一爱过的人。"

"你刚才说他叫什么名字？"

"比尔。"她狡猾地看着我，"我刚才没说他叫什么名字。他是我的经纪人。我是谷里最早一批住上大房子的人。我们在一起待了一年，然后他死了。那是二十五年前的事了，打那以来我一直觉得生不如死。"

她抬起无泪的大眼睛从镜子里望着我的眼睛。我想回应她那忧伤的表情，但我不知道该如何摆弄自己的脸。

我试着用微笑来鼓励自己。毕竟，我是个好人。我的生活是与流氓、妓女，还有错综艰难的案子，以及和受骗的傻瓜打交道。我窥探他人的隐私、告密、为钱不顾一切。但是，我毕竟还是个好人。我皱起眼角和鼻翼，抽动嘴唇，露出牙齿，但是我笑不出来。我的表情仿佛一只饥饿的草原狼。我目睹过太多的酒吧、破旧的酒店和卑贱的家庭,太多的法庭和监狱、尸检、警察,还有太多的苦痛和折磨。如果这张脸长在一个陌生人的脸上,我不会信任他。我发现自己在担心米兰达·辛普森会怎么想。

"让那三天的派对见鬼去吧!"艾斯塔布鲁克太太说,"赛马、绿宝石、游艇,都统统见鬼去吧!一个真正的朋友强过这一切。但是我一个真正的朋友都没有。西米恩·孔茨自称是我的朋友,但是他说我再不能拍电影了。二十五年前我火过,现在我已经风光不再。没有人愿意跟我混在一起,阿彻。"

她说得一点没错。但是我对她感兴趣,不仅仅是出于工作。她曾经沧海,最懂得世态炎凉。她的声音不再有从片场里学来的那些字正腔圆,变得沙哑但令人愉悦。听得出她的童年可能是在本世纪初的底特律、芝加哥或是印第安纳波利斯度过的,而且她出身寒门。

她喝光了杯中的酒站起身来。"送我回家吧,阿彻。"

我从凳子上一下子溜下来,动作轻快得像个舞男。我扶着她的胳膊。"你不能这样子回家。你需要再喝一杯来挺直腰杆。"

"你真好。"我听得出她语气里的讽刺。"但我不能在这个鬼地方再待下去。老天,这儿真像个停尸房。"她冲着酒吧的招待喊道:"那些讨人喜欢的人都到哪儿去了?"

"难道您不算一个吗,太太?"

在她再次跟人吵起来之前,我拽着她走开了。我们上楼走了出去。空气中飘着轻雾,霓虹灯笼罩其中。楼顶的天空暗淡低沉,没有一颗星星。她打了一个寒战,我感到她的胳膊在颤抖。

"前面的街上有一家不错的酒吧。"我说。

"是瓦莱利奥吗?"

"好像是。"

"好吧。再来一杯，然后我必须得回家了。"

我打开她的车门，扶她坐进车里。她的胸部重重地倚在我的肩上，我躲开了。我宁愿要一个普通的枕头，里面装的是羽毛，而不是回忆和痛楚。

瓦莱利奥的酒吧女招待能叫出她的名字。她将我们带到了一个卡座，并递上空的烟缸。一个态度和蔼的希腊侍者，从吧台后面一直走来跟她打招呼并询问辛普森先生。

"他还在内华达。"她说。我注视着她的脸，见我看着，她说："我的一个好朋友。他来这里时经常光顾这家酒吧。"

也许是因为那两个街区的车程，或是因她在这里受到了欢迎，她心情好起来。她变得近乎活泼。也许我的判断有误。

"他是个大好人，"侍者说。"我们都挺想他的。"

"拉尔夫是个超级大好人，"艾斯塔布鲁克太太说。"一个好心肠的人。"

点完单后，侍者走开了。

"你给你的这个朋友占过星吗？"我问。

"你是怎么知道的？他是摩羯座的。一个很好的人，但控制欲强。他的命运悲惨。他唯一的儿子在战争中阵亡了。拉尔夫的上升星座是天王星，这制约了他的太阳星座。你不知道那对摩羯座意味着什么。"

"我不懂。这对他影响很大吗？"

"是的。拉尔夫一直在努力开拓他的精神层面。天王星对他不利，但其他星座都是顺应他的。这给他勇气。"她侧身向我，神秘地说，"我真希望能给你看看我给他装修的房间。在这附近的一所平房里，但是他们不会让我们进去。"

"他现在住在这里?"

"没有,他在内华达。他在沙漠里有一所很好的房子。"

"你去过那里?"

"你的问题真多。"她斜眼微笑,极力卖弄着风情。"你不会是在嫉妒吧?"

"你告诉我说你没有朋友。"

"我说过吗?我忘了拉尔夫。"

侍者端来了我们的酒。我啜饮着。我面对的是房间的后部。无人演奏的三角钢琴旁的墙上有一扇通向大堂的门。艾伦·塔格特和米兰达双双从门里走了出来。

"对不起。"我对艾斯塔布鲁克太太说。

我起身的时候,米兰达看到了我,于是向我这边走过来。我将手指放在嘴唇上向她示意,另一只手招呼她离开。她惊讶地张大了嘴,一脸疑惑地退了回去。

艾伦反应比她快。他拽着她的胳膊,带她赶紧走出门外。我跟随他们到外面去。酒吧侍者正在调一杯鸡尾酒。女招待在招呼一名顾客。艾斯塔布鲁克太太没有抬头。门在我身后关上了。

米兰达转身向我问:"我搞不明白,你不是在找拉尔夫吗?"

"我在跟踪一个联系人。请你离开这里。"

"但是我一直在找你。"她急得都快掉眼泪了。

我对塔格特说:"趁她还没毁了我一晚上的工作成果,请带她离开这儿。如果可能,最好出城去。"与费伊待在一起的三个小时让我的脾气火暴了起来。

"但是辛普森夫人在打电话找你。"他说。

墙边站着的一个菲律宾侍者正一字不漏地听着我们的谈话。我将他们带到转角灯光昏暗的大厅问:"她有什么事?"

"她有拉尔夫的消息。"米兰达琥珀色的眼睛像鹿的眼睛一样闪烁着。"是一封特快专递的信。他要她给他送钱。准确地说不是送钱,是把钱准备好。"

"多少钱?"

"十万美元。"

"多少?"

"他要她把十万元债券兑换成现金。"

"她有那么多钱吗?"

"她没有,但她可以弄到。阿尔伯特·格雷夫斯有拉尔夫的委托书。"

"让她用那些钱做什么呢?"

"他说会再联系,或者他会派人来取。"

"你肯定那信是他写的?"

"伊莱恩说那是他的笔迹。"

"他有没有说他在哪儿?"

"没有。但信的邮戳是圣玛利亚。他今天肯定去过那儿。"

"不一定。辛普森夫人想让我做什么?"

"她没说。我猜她需要你的建议。"

"好吧。我的建议是,告诉她把钱准备好,但是在没拿到证据证明你父亲还活着之前,不要把钱交给任何人。"

"你认为他死了?"米兰达的手揪住了自己裙子的领口。

"我不得不这样猜想。"我转向塔格特说,"你今晚能带米兰达飞回去吗?"

"我刚往圣特雷莎打了电话。机场有雾。但是明天一早我们就飞。"

"那么你打电话告诉她,我正在跟踪一条线索。格雷夫斯最好先悄悄地报警。通知当地警察局和洛杉矶警察局,还有联邦调查局。"

"联邦调查局?"米兰达低声说。

"是的,"我说,"绑架是违反联邦法律的。"

9

当我回到酒吧时,一个身穿燕尾服的年轻的墨西哥人正靠在钢琴上弹着吉他。他小声吟唱着一首西班牙斗牛曲,声音听起来哀怨而悠远。他的手指有力地撩拨着琴弦。艾斯塔布鲁克太太注视着他,几乎没有注意到我坐下来。

曲终时她大力地鼓掌,并招手示意他过来。"太棒了,请拿着吧。"她递给他一美元。

他微笑着鞠躬,然后继续回去唱歌。

"那是拉尔夫最喜欢的一首歌。"她说,"多明戈唱得特别棒。他有真正的西班牙血统。"

"关于你的朋友拉尔夫……"

"怎样?"

"他会不会反对你跟我在这里?"

"别傻了。我希望哪天你们能见面。我知道你一定会喜欢他。"

"他是做什么的?"

"他基本上算是退休了。他已经赚够了钱。"

"你干吗不跟他结婚呢?"

她大声地笑了。"我难道没有告诉你我有丈夫了?但是你不用担心,那纯粹是出于生意上的考虑。"

"我不知道你还有生意。"

"我说过我在做生意吗?"她又笑了,非常警觉。她换了话题。"你建议我跟拉尔夫结婚这很有趣儿。我们都已经跟别人结婚了。不论如何,我们的友谊是特殊的,更多是精神层面的。"

她的酒意渐渐消了。我举起酒杯。"为精神层面的友谊干杯。"

她还没喝完,我举手示意女招待又要了一杯。第二杯酒后她彻底醉了。

她的脸仿佛在重力的作用下完全走了样。她的目光变得呆滞、暗淡无光;嘴也合不拢了,仿佛一个哈欠凝固在脸上,猩红的嘴唇衬着粉白色的口腔显得刺目。她勉强打起精神说:"我感觉不太好。"

"我送你回家。"

"你真好。"

我扶她站起来。女招待推开了门,她快慰地对着艾斯塔布鲁克太太微笑,然后犀利地看了我一眼。艾斯塔布鲁克太太蹒跚地穿过人行道,像一个老女人倚着一根并不存在的拐杖。我搀着她迈着麻痹的双腿跟跟跄跄地来到了车前。

我推她上车,好像往车里扔一袋煤。她的头滑到车门与后座间的角落。我发动了车子,朝着宝马山花园驶去。

过了一会儿,车子的晃动让她醒过来。"我们得回家,"她没精打采地说,"你知道我住哪儿?"

"你告诉过我。"

"明天早上得起来跑步。糟透了!如果他不让我拍电影了我应该掉眼泪的。但我有自己的收入。"

"你看起来像个女商人。"我鼓励地说道。

"你真好,阿彻。"她的这句话让我觉得乏味。"照顾我这个丑老婆子。如果你知道我的钱是从哪儿来的,你不会喜欢我的。"

"你讲讲看。"

"但我不会告诉你。"她毫无顾忌地大笑,笑声低沉,样子丑陋。我觉得她话中有种嘲弄的弦外之音,但也许这只是我自己的幻觉。"你这孩子实在太好了。"

没错,我暗自说,我是一个典型的美式硬汉,随时准备英雄救美。那个美人又一次晕过去。至少她没有再说话。我载着半昏迷状态的她,行驶在午夜的大街上,这是一段孤寂的旅程。旁边座位上豹纹大衣下的身体像是一只沉睡的花豹或野猫,因为上了年纪而体态笨重。其实她的年纪并没有那么老——最多五十岁,但是她身上满是岁月的痕迹。她的记忆里充满了痛苦和不幸。她告诉了我一些关于她自己的事情,但那都不是我感兴趣的。我对她感到厌倦了,不想再继续挖掘。但有一点她不说我也看得出来:对于辛普森或任何鲁莽的男人,她都不是一个好的同伴。她结交的都是危险人物,虽然一个是粗俗的卡车司机、一个是永远文雅的奶油小生。如果辛普森发生了什么不测,她迟早会知道。

当我把车停在她家房前时她醒了过来。"亲爱的,把车停在车道上好吗?"

我倒车越过公路,驶上停车道。她在我的帮助下爬上通往房门的台阶,把钥匙递给我让我开门。"请进来。我一直在想该喝点什么。"

"这合适吗?你丈夫呢?"

她低沉地笑起来。"我们很多年都不住在一起了。"

我跟随她走进门厅。里面漆黑一片,充斥着她身上的两种味道——麝香和酒精,一半是动物的味道,一半是人的。我感到脚下打了蜡的地板非常滑,暗想也许她会摔倒。她在自己家里走来走去,有着梦游者一样盲目的精准。我摸索着跟随她走进了左边的一个房间,她开了灯。

灯光下的房间全然不像她给拉尔夫·辛普森设计的那个疯狂的红色房间。这个房间宽敞,即使是在夜晚拉着百叶窗的情况下也令人愉悦。这是一间典型的中产阶级的房间。墙上挂的是后印象派画的复制品,嵌入墙壁的书架,里面摆满了书。一架收音电唱两用机、一个唱片柜和闪亮的砖砌的壁炉,前方摆着厚重的长沙发。唯一奇怪的是盖在长沙发和灯下椅子上台布的图案:沙漠中白色的天空下是明亮的绿色热带植物,叶子的中间有一只眼睛。我注视着图案,它在不断地变化。那只眼睛消失了,然后再出现。我坐在台布的一角。

她站在火炉旁一角的简易酒吧前问:"你喝什么?"

"威士忌加水。"

她拿来我的杯子,其中一半的酒都已经洒在了她走过来的途中,在浅绿色的地毯上留下一串深色的污迹。她在我身旁坐下,她的体重压瘪了座位的垫子。她长着深色头发的脑袋朝着我的肩膀移过来,然后一头栽在那里。我看到几缕发型师故意留在那里的白发,好让她的头发看起来像是没有染过。

"我不知道自己该喝什么,"她哀怨地说,"不要让我倒下去。"

我将一只胳膊搭在她的肩上。她的肩膀几乎跟我的一样宽。她重重地倚着我。我能感觉到她呼吸的起伏,逐渐舒缓下来。

"别想对我做什么,亲爱的,今晚我糟透了。改天吧……"她的声音柔软得像个少女,但是模糊不清,就像她眼中残留的青春。

她闭上了眼睛。我看到她干枯的眼皮上的血管随着她的心跳微微震颤。从她眼皮边缘的深色睫毛轮廓仍能看出她年轻时的美丽，但她确实已是枯萎的花了。她睡着时更容易让人对她产生怜悯。

为了确认她真的睡着了，我轻轻地掀起她的一只眼皮。她大理石般的眼球茫然地瞪着，空无一物。我抽走胳膊，她的身体滑落到垫子上。她的胸部垂向一侧，丝袜扭曲。她打起了呼噜。

我走进隔壁的房间，关起门，然后开了灯。灯光从屋顶照下来，落在褪色的红木长餐桌上。桌子的中央摆着假花，一边是盛瓷器的橱柜，另一边是一个嵌入式的自助橱柜。六把沉重的椅子背靠墙排开。我关上灯去了厨房。厨房很干净，里面设施齐全。

有一瞬间，我怀疑自己错怪了这个女人。毕竟有的占星师是诚实的，而很多酗酒的人是无伤大雅的。如果不算那个巨大的车库和它门前看门的恶犬，那么她的家和成千上万的洛杉矶家庭并无二致，这让人难以置信。

浴室的墙是用浅蓝色的瓷砖铺成的，里面有一个方形的浴缸。洗手池上方的橱柜里摆满了营养品、成药、乳霜、彩妆、化妆粉、荧光剂和安眠药。装着抑郁症药的瓶瓶罐罐橱柜里放不下，都堆在了洗手池台子、洗衣篮和马桶的水箱盖子上。洗衣篮里全是女装。架子上只有一支牙刷、一把剃刀，但是没有剃须霜和任何男人的痕迹。

浴室隔壁是一间卧室，装修以粉色和花为主题，弥漫着战前的浪漫和希望。床前桌上有一本关于星座的书。衣橱里都是女人的衣服，数量很多，牌子以萨克斯和玛格宁的为主。抽屉里的内衣和睡衣是水蜜桃或浅蓝色的蕾丝式样。

第二层抽屉里装满了乱七八糟的丝袜，我翻看着，发现了这房子里最奇怪的东西——一排用橡皮筋绑在一起的小包，里面装的是一元、五元或十元的钞票，大都旧而油腻。如果底层抽屉里所有的包装都像我刚检查的那包一样，那么这里总共约有八千到一万美元。

我坐在地上开始检查所有的钱。卧室的抽屉并不是个藏钱的好地方。但是对于那些无法申报其收入的人来说，这比银行要安全。

尖锐的电话铃声如同牙医的电钻打破了寂静。我吓得跳了起来。但我记得关上抽屉再走进客厅去接电话。客厅里的女人一声不吭。

我将领带罩在嘴上，压低声音说："你好。"

"是特洛伊先生？"那边说话的是一个女人的声音。

"对。"

"费伊在吗？"她说话简洁，"我是贝蒂。"

"她不在。"

"听着，特洛伊先生。大约一个小时之前，费伊在瓦莱利奥遇到麻烦了。跟她一起的那个男人很可能是个便衣。他说要送她回家。卡车来的时候你不能让他看见。你知道费伊喝醉了后的样子。"

"是的，"我冒险说，"你现在在哪里？"

"当然在'钢琴'啦。"

"拉尔夫·辛普森在那儿吗？"

她沉默，惊讶得说不出话。我能听到电话那端人们的低语和杯盘的碰撞声——很可能是在一家餐厅里。

她恢复了声音。"为什么问我？我最近又没有见过他。"

"他在哪里？"

"我不知道。你是谁？你是特洛伊先生吗？"

"是。我去照看费伊。"我挂掉电话。

我身后前门的把手发出了咔嗒一声轻响。我放在电话机上的手僵住了，看着雕花玻璃的门把手轻轻旋转，客厅里的感应灯亮了。门突然间被大大地推开了，一个穿浅色外套的男人站在门口。他满头银发，没戴帽子。他走进来的样子如同演员登台。他用左手敏捷地关上房门，右手搁在外套的口袋里隔着口袋指着我。

我面对着他问："你是谁？"

"我知道用一个问题来回答另一个问题并不礼貌，"他的声音里隐约透着柔软的英格兰南部口音，"但是你又是谁呢？"

"如果你一定要这样…"

他口袋里的物体无声地抵着我。他逼迫道："我问了你一个简单的问题，老兄，我需要你给我一个简单的答案。"

"我叫阿彻，"我说，"你用蓝色漂白剂洗头吗？我的一个姑姑说它非常有效。"

他面无表情。他愤怒时说话更加斩钉截铁。"我不喜欢无谓的暴力。请不要逼我。"

我低头可以看见他头顶上小心翼翼分出的发缝，露出的头皮闪闪地发着光。"尔让我害怕，"我说。"一个意大利化的英国人可是邪恶的化身。"

他口袋里的枪虽小，却令整个楼道变得寒冷。他的眼睛射出寒光。"你是干什么工作的，阿彻先生？"

"我卖保险。我的业余爱好是给专业枪手当助理。"我伸手摸我的钱包，给他看我所谓的"万能"名片。

"别动，把你的手放在我能看到的地方。小心你的嘴巴。"

"好吧。别指望我卖你保险。给一个带着枪在洛杉矶四处走动的人办保险很不合算。"

他不理会我的话。"你在这儿干什么，阿彻先生？"

"我刚把费伊送回家。"

"你是她的朋友？"

"很显然。你呢？"

"问题由我来问。你下一步打算干什么？"

"我只是想叫部出租车回家。"

"也许你现在最好就这样做。"他说。

我拿起话筒叫了一辆黄色出租。他轻轻地走近我。他的左手触摸我的胸部和腋窝，并顺着我的侧腹和大腿摸下去。我庆幸把枪留在了车里。但我痛恨被他摸来摸去。他有着像女人一样的手。

他后退，我看到了他手上镀镍的左轮手枪，口径是点三二或点三八的。我暗自算计着是否可以一脚让他失去平衡，然后夺下手枪。

他的身体稍微僵硬了一下，那手枪像眼睛一样瞄准了我。"休想，"他说，"我枪法很准，阿彻先生。你一点机会都没有。现在转过身去。"

我转过身子。他拿枪抵着我背后靠上面的位置。"到卧室里去。"

他推着我走进开了灯的卧室，让我面墙站着。我听到他在房间里快速的走动声和抽屉的开关声。我感到枪又指着了我的背。"你刚在这儿做什么？"

"我没有来过这儿。是费伊开的灯。"

"她现在哪里？"

"在前面房间里。"

他带我走进艾斯塔布鲁克太太躺着的房间，她被黑色的长沙发挡着，睡得昏死过去，不省人事。她张着嘴，但是不出一声，一只胳膊垂到地上，像一条被喂得过饱的白蛇。他轻蔑地看着她，好像在看一块煮熟的肉。

"她喝多了以后总是这样狼狈。"

"我们走了好几家酒吧。"我说，"我们在寻开心。"

他目光犀利地看着我。"很显然。但你为什么会对这么一个女人感兴趣?"

"她是我爱的女人。"

"她是我的妻子。"他鼻孔轻微的抽搐,仿佛在证明他的脸是可以动的。

"真的吗?"

"我不是个爱嫉妒的人,阿彻先生。但我必须警告你离她远一点。她有自己的朋友圈子,你显然不是这圈子里的。显然费伊很宽容,但我可没那么宽容。她的一些朋友更没那么宽容。"

"他们都跟你一样唠叨吗?"

他露出了小而整齐的牙齿,然后轻轻调整了一下姿势。他身体前倾,脑袋随之偏向一侧,在灯下闪着光。他衰老的面孔下,隐藏着一颗邪恶、暴躁的年轻人的心——这令人憎恶。他将枪在指间旋转着,像在玩弄一个银环,然后把枪停在了我的心脏部位。"他们有自己的表达方式。你听明白了吗?"

"这很容易懂。"我的背上冒出了冷汗。

街上传来了汽车的鸣笛。他走到门前为我开了门。外面比屋里要暖和一些。

10

"我很高兴你打了调度电话,"出租车司机说,"省了我一趟空驶。我拉了一个远活儿去马里布。四头蠢猪打电话来要车去海边的一个聚会。他们永远都到不了那里。"

出租车的后部仍有一股热烘烘的味道。

"你应该听听那些女人都是怎么说话的。"他减慢了速度在日落大道的停止示意牌前停住,"你要回城里去吗?"

"请等一下。"

他停住了。

"你知道一个叫'钢琴'的地方吗?"

"'疯狂钢琴'吗?"他说,"在西好莱坞,那是个喝酒的地方。"

"是谁开的?"

"他们可从来没跟我介绍过,"他轻松地说,一面挂上挡,"你要去那儿吗?"

"为什么不呢?"我说,"时间还早。"我言不由衷。夜色已晚,天气寒冷而沉闷。轮胎黑色的前部覆盖着冰霜,在地上摩擦发出猫叫一样的声音。街上的霓虹灯像失眠人的眼睛在闪烁。

"疯狂钢琴"里的夜晚已不再精彩,但它在努力营造一种虚荣气氛。它坐落在一条灯光昏暗的巷子里，两旁是成排的复式房子，一幢接一幢拥挤不堪。街道上四处堆满了垃圾。

它没有标志，也没有塑料和平板玻璃建造的前脸。入口处上方是一个日久褪色的拱门，油漆剥落，好似伤疤。拱门上方有一个狭小的带熟铁栏杆的阳台，阳台后面的窗户上挂着厚厚的窗帘。

一个身穿制服的黑人门童从拱门里走出来，打开出租车的门。我付了出租车费，跟着他进去。透过门上方投下的昏暗灯光，我看到他外套的绒毛已经磨掉，露出了里面的纤维。棕色皮门的把手附近由于无数双脏手的触摸已经变成黑色。门通向一个狭长、深如隧道的房间。

另一个身穿侍者上衣的黑人，手臂上搭着一条餐巾，来到门前迎接我。他微笑着，墙上散发的蓝色灯光将他的嘴唇变成了靛蓝色。墙壁上装饰着纯蓝色的、造型各异的裸体画。两侧挨着墙的是铺着白色桌布的桌子，中间有一条走道。房子的远端有一个小舞台，上面有一个女人在弹钢琴。在烟雾中她看起来很虚幻，仿佛一个双手灵巧、脊背僵硬的机械玩偶。

我把帽子递给衣帽间的服务小姐，然后要侍者给我安排一张靠近钢琴的桌子。那侍者跑到我的前面，带我穿过走道。他臂上的餐巾像小旗子一样飘动，他竭力营造着一派生意兴隆的景象。但实际情况可不是这样。三分之二的桌子都是空的。其余的桌前坐着的都是一对对男女。那些男人看起来都是有家不归，又去不起好酒吧的那类人。在酒吧水族馆一样的蓝色灯光下，他们或胖或瘦的脸如同鱼的脸，眼睛则像牡蛎。

他们的女伴看起来大都是妓女，其中两三个金发的我见过。她们曾在歌舞团工作，脸上挂着无邪的微笑，仿佛这样就可以不让青春溜掉。另外几个年长一些的女人，有着丰满的身体，还可以在这行里维持一两年。这些女人在努力地工作，因为如果干不好，还有比"疯狂钢琴"更差的地方等着她们。

我的邻桌坐着一个黄皮肤、神情落寞的墨西哥女孩。她目光闪烁地打量我。

"先生您要苏格兰威士忌还是波旁酒？"侍者问。

"波旁和水，分开来上。"

"好的，先生。要三明治吗？"

我意识到自己很饿。"奶酪三明治。"

"好的，先生。"

我望着那架钢琴，担心自己的按图索骥是不是找对了地方。那个自称是贝蒂的女人说她在"钢琴"酒吧。钢琴刺耳的声音穿插着周围桌子上传来的笑声，组成了一首忧郁的曲调。演奏者的手指在键盘上仓促疯狂地移动着，好像钢琴是在自己演奏，而她在努力地跟随它。她裸露的肩膀纤瘦优美，乌黑的头发垂在肩上，让她的肩膀更显洁白。我看不到她那被头发遮住的脸。

"嘿，帅哥！请我喝一杯怎么样？"

那个墨西哥女孩来到了我的椅子旁。我抬头看时，她坐了下来。她的身体像竹竿一样毫无曲线。低领的裙子在她身上很不协调——她看上去像个穿了衣服的野人。她努力试图微笑，但她僵硬的脸从来没有掌握过这门艺术。

"也许我应该给你买一副眼镜。"

她知道我是在开玩笑，但仅此而已。"你很有趣儿。我喜欢有趣儿的人。"她的声音像是从喉咙里挤出来的，跟她僵硬的面孔很相配。

"你不会喜欢我的。但我可以请你喝一杯。"

她转动眼珠表示自己很高兴。她的眼珠像一大块坚硬呆板的树脂。她把手放到我的手臂上,开始抚摸我。"我喜欢你,你很幽默。说点有意思的事情给我听。"

她不喜欢我,我也不喜欢她。她俯身向前,好让我能看到她的领口。她的乳房小而紧实,乳头像铅笔头一样坚挺。她的胳膊和上嘴唇上面覆盖着黑色的毛发。

"另外我还得给你买些雌性荷尔蒙。"我说。

"那是吃的东西吗?我很饿。"她露出白色的牙齿以证明她确实很饿。

"你为什么不咬我一口呢?"

"别开玩笑了。"她佯装不悦,但是她的双手继续抚摸着我的胳膊。

侍者过来了,让我得以稍事休息。他从托盘上拿下东西摆在桌子上:一个放在盘子里的很小的三明治、一杯水、一个茶杯——里面装着一杯威士忌、一个空茶壶,还有一杯不知何物的给那女孩准备的饮料。

"一共六美元,先生。"

"什么?"

"每杯饮料两美元。一个三明治两美元。"

我掀起三明治上层查看里面夹着的奶酪——它薄得像金箔,价格也差不多一样贵。我放了一张十美元钞票在桌子上,把找的零钱也放在桌上。我的野人同伴喝着果汁,看了一眼那四张一美元钞票,然后继续抚摸我的胳膊。

"你的双手很有激情,"我说,"可是我在等贝蒂。"

"贝蒂?"她轻蔑地看了一眼弹钢琴的女人的背影,"但是贝蒂是演奏者,她不会……"她做了一个省略的手势。

"贝蒂是我喜欢的类型。"

她微启双唇露出舌尖,好像要吐口水。我示意侍者给弹钢琴的女人送上一杯饮料。等我再转身时,那个墨西哥女孩不见了。

侍者送上饮料时,用手指了我坐的方向。弹钢琴的女人看过来。她有着椭圆形的小脸,面孔精致得如同人工雕琢过。我看不清她眼睛的颜色和眼中的神情,但她没有一丝笑容。我仰起下巴以示敬意,她漠然地转过头去继续俯身弹琴。

我看着她洁白的手指伴随着爵士乐的旋律飞舞。她指尖下传来的音乐像巨人的脚步发出沙沙的金属声。你仿佛可以看到巨人的影子,听到他沉重的心跳。她弹得不错。

然后她变换了曲子。她的左手仍在低音部敲击着,但她的右手开始弹奏一曲布鲁斯。她开始演唱。她的声音粗糙,发出咝咝摩擦声,但却莫名其妙地令人感动:

  心绪不清

  欲语还休

  我欲去北

  身却朝南

  我要一支疗我身心的布鲁斯

  医生,医生,医生

  解我烦恼

  除我伤痛

  我要一支疗我身心的布鲁斯

她的歌里透着颓废的智慧,这不是我喜欢的音乐类型。但她需要比我身后只顾喋喋不休交谈的人群更有品位的观众。曲终时我鼓掌，为她又送上一杯饮料。

她端着酒杯来到我的桌前。她有着古希腊小陶俑般玲珑完美的身材，年龄在二十到三十岁之间。"你喜欢我的音乐。"她说。她倾斜下巴，抬头看我，对自己的眼神很有自信。她棕色的眼眸飘忽不定、让人不安。

"你应该在五十二街演奏。"

"你以为我没在那儿表演过？但是你有段时间没去那儿了对吧？那条街已经堕落了。"

"这个地方太差劲了，谁都看得出来，它迟早要倒闭的。谁在经营？"

"我的一个朋友。有烟吗？"

我为她点上一根烟，她深吸了一口。她的脸下意识地等待着烟的效果会发挥作用，她没有等到，神情一下子变得萎靡。岁月在她脸上不留痕迹，她像一个长不大的婴儿。她的鼻翼洁白，没有一丝血色。这跟弗洛伊德心理学可扯不上任何关系。

"我的名字叫卢，"我说，"我打赌我一定听说过你的名字。"

"我叫贝蒂·弗雷利。"她说。这名字对我毫无意义，但对她似乎意义重大。

"我记得你。"我大胆地撒谎道，"你这段时间不太顺，贝蒂。"

完美的人往往遭天妒。

"没错。我在牢狱里待了两年，两年没有碰钢琴。警笛声是唯一的伴奏乐。他们只是让我明白了我真的需要毒品。他们口口声声说是为了我好。分明为了他们自己的好！他们需要宣传，而大家都知道我。现在我已不为人所知了。如果我真的戒掉了毒品，也绝不是因为联邦政府的功劳。"她的红唇抿着已经湿润了的烟蒂,"两年没有钢琴的日子啊。"

"对于一个久不练习的人来说,你弹得不错。"

"你真的这样认为?你应该听听我巅峰时期在芝加哥的表演,那才是我最风光的时候。也许你听过我的唱片。"

"谁没有听过呢。"

"是不是跟我说的一样?"

"太棒了。我为你的音乐着迷。"

但钢琴不是我擅长的话题,我的措辞不妥,或者我的赞美有些过头了。

她的脸上露出不悦之色,声音也变得生冷:"我不相信你。说一个名字出来。"

"时间太久了。"

"你喜欢我的《酒馆布鲁斯》吗?"

"喜欢,"我宽慰地说,"你比沙利文弹得好。"

"你在说谎,卢。我从来没有录过那张唱片。你为什么要引我说那么多话?"

"我喜欢你的音乐。"

"你很可能是个乐盲。"她使劲看着我的脸,令人捉摸不定的瞳仁像钻石一样坚硬、明亮。"你可能是个警察。虽然你并不像个典型的警察,但是你看事物的方式像个警察——你要得到它,即使你并不喜欢它。你有一双警察的眼睛,你希望看到别人痛苦。"

"轻松点儿,贝蒂。你说对了一半。我是警察,但我不喜欢看别人痛苦。"

"缉毒警?"她的脸吓白了。

"不,是私人侦探。我不想从你这儿得到什么。我只是喜欢你的音乐。"

"你在说谎。"虽然她对我充满了憎恨与恐惧,但仍然压低着嗓音,她的声音干涩。"你是那个替费伊接电话并且自称是特洛伊的人。你到底在找什么?"

"一个叫辛普森的人。别告诉我你从没有听说过他。你听说过。"

"我从没有听说过他。"

"你在电话里不是这么说的。"

"好吧,我在这里见过他,就像这里的其他人一样。难道这就意味着我了解他的一举一动吗?为什么来找我?对我来说,他不过是一个经常光顾这里的顾客。"

"是你来找我的,记得吗?"

她倾身过来,充满敌意。"你从这儿滚出去,别再进来。"

"我要待在这儿。"

"你觉得可以吗?"她冲着侍者举起雪白的手。侍者跑了过来。"叫帕德勒来。这浑蛋是个私人侦探。"

侍者看着我,他蓝黑色的脸上现出不确定的神情。

"放轻松点儿。"我说。

她站起来朝钢琴后面的一扇门走去。"帕德勒!"房间里所有的人都朝她望去。

门一下子开了,那个穿猩红衬衫的男人走了出来。他的小眼睛扫视全场,搜寻着麻烦的制造者。

她用一个手指指着我。"带他出去教训他一顿。他在找我的麻烦。"

我有时间逃走的。但是我懒得去做,一天之中逃跑三次对我来说太多了。我走上前去迎接他的挑战。他带着伤疤的脑袋轻易地躲过了我的第一招。我换了右拳，他抓住了我的前臂然后逼了上来。

他呆滞的双眼眨了一下，我感觉他并没有认出我来。他一拳击中了我的腹部，让我放弃了防守。他的另一只拳头击中了我耳下的颈部。

我的双腿碰到了舞台的边缘。我跌倒在钢琴上，随着琴键的刺耳杂音，我眼前一黑，失去了知觉。

11

　　在一条小黑巷子里,一个虚弱的小个子男子背靠着坚硬的墙壁坐着。他的脸正被同样坚硬的物体击打着。他的两侧下巴也被轮流击打着。他的脑袋随着每一次击打一起一伏,这动作长时间地重复着,令人窒息。每次拳头打在他的下巴上,那虚弱的男子就无力地咬紧牙关,脑袋随之颤动。但他的胳膊平静地耷拉在身体两侧,双腿也一动不动。

　　这时,一个高大的影子出现在巷口。那影子先是单腿站立了片刻,如同一只仙鹤,然后姿势怪异,一拐一拐地朝着我们靠近过来。帕德勒仍在专注地挥舞着拳头,对它毫无觉察。那影子在他身后站直了身体,挥起了一根胳膊。那胳膊垂下时,手中握着一个黑色的物体。它在帕德勒的后脑勺上发出清脆的声响,像是核桃被敲碎的声音。他应声跪在我面前。我读不懂他的眼神,因为我看到的只有眼白。我一把将他推开。

　　艾伦·塔格特穿上手中的鞋,蹲下来查看我的情况。"我们最好离开这里。我没有用力打他。"

　　"下次你打算狠揍他一顿之前告诉我,我想在场观看。"

　　我感到嘴唇肿了,腿也不像是自己的了。我费力地站了起来,双腿几乎无力支撑我的重量。我真想对着倒在路边的那个人使劲踢上几脚。

塔格特抓住我的胳膊,拉着我朝巷口走去。路边停着一辆出租车,车的一扇门敞开着。街对面"疯狂钢琴"的灰泥门口已是了无人迹。他将我推进出租车,接着自己也上了车。

"你要去哪里?"

一瞬间,我的脑中一片空白。然后我忽然感到愤怒。"我想回家睡觉,但却不能那样做。斯威芙特在好莱坞大道上。"

"他们关门了。"司机说。

"我的车在那儿的停车场里。"我的枪在车里。

走到一半的时候我终于有些清醒了。"你从哪儿冒出来的?"我问塔格特。

"我无处不在。"

"你少含糊其辞,我可没这心情。"我冲着他咆哮。

"对不起,"他神情严肃,"我在找辛普森。那儿有一个叫'疯狂钢琴'的地方,辛普森曾带我去过一次,所以我想向他们打听一下。"

"那也是我的打算。但是你看到了他们给了我什么样的答案。"

"你是怎么找到那儿去的?"

我懒得解释。"误打误撞。"

"我看到你出来。"他说。

"我是走着出来的吗?"

"差不多吧。有人扶着你。我在出租车里观望着。我看到一个彪形大汉将你拖进了巷子,于是我就跟了上去。"

"我还没有谢你呢。"我说。

"不必了。"他俯身过来,压低声音急切地说,"你真的认为辛普森是被绑架了吗?"

"我脑子现在有些混乱。我头脑清醒时是那样认为的。"

"谁会绑架他呢?"

"有个叫艾斯塔布鲁克的女人,"我说,"还有一个叫特洛伊的男人,你见过他吗?"

"没有。但我听说过这个叫艾斯塔布鲁克的女人。几个月之前在内华达,她跟辛普森在一起。"

"他们什么关系?"我瘀青的脸显得贪得无厌,我不去理会。

"我不太清楚。她开车过去的。飞机出了点故障,我留在了洛杉矶。我从没见过她,但辛普森向我提起过她的名字。据我所知,他们不过是坐在太阳底下大谈宗教而已。我觉得她是那个牧师克劳德的朋友。辛普森送了那人一座山。"

"你之前应该告诉我这些。我给你看过她的照片。"

"可我不知道那就是她。"

"现在无所谓了。晚上我跟她在一起。我就是跟她去的瓦莱利奥。"

"是她?"他显得很震惊。"她知道辛普森在哪儿?"

"她可能知道,但她不肯说。我现在得再找她一趟。我需要帮助,她一家人可都挺爱使用暴力的。"

"好!"塔格特说。

我的反应仍然迟钝,于是我让他开车。他弯转得太急,但除此之外一切顺利。我们到了艾斯塔布鲁克家。那里一片漆黑。车道上的别克车不见了,车库也是空的。我用枪嘴敲击前门,没人应答。

"她肯定起了疑心。"塔格特说。

"我们闯进去。"

但是门上了闩,很坚固,用肩膀撞不开。我们转到后面。在院子里我踩到了一个光滑的圆形物体，原来是个啤酒瓶。

"小心点儿，老兄。"塔格特兴奋地说。他看起来很享受这一切。

他将身体撞向厨房的门。他浑身散发着青春的活力。我们一起推，锁开了。我们经过厨房，进入了黑暗的大厅。

"你没有带枪吗？"我问。

"没有。"

"但是你会用枪？"

"当然。但我喜欢机关枪。"他吹嘘道。

我递给他我的自动手枪。"将就着用吧。"我走向前门，拉开门闩，将门打开一条缝。"如果有人来告诉我。别让人看见你。"

他非常郑重地在他的位置站好，像白金汉宫刚上岗的卫兵。我轮流开灯、关灯，逐一查看客厅、餐厅、厨房和浴室。房间跟我离开时并无二致，除了卧室稍有不同。

不同之处是第二个抽屉里除了丝袜和一个信封之外再没有别的东西了。那是个用过的旧信封，里面是空的，藏在丝袜下面的一个角落里。信封是从我刚去过的那个地方寄给艾斯塔布鲁克太太的。信封后面有人用铅笔潦草地写了一些单词和数字："平均总收入：两千美元。平均支出（最高）：五百美元。平均净收入：一千五百美元。五月：一千五百……"这些数字勾勒出了一桩很有利可图的买卖。但有一件事我可以肯定，那就是："疯狂钢琴"肯定不可能赚这么多钱。

我把信封翻过来，上面的邮寄日期是一周之前的四月三十日，邮戳地址是圣玛利亚。我正琢磨着，忽然路上传来发动机巨大的轰鸣声。我急忙关了灯来到厅里。

房子的前面扫过一片光芒，光线透过门缝照进来，塔格特站在一旁。"卢!"他低声喊我。

然后他做了一件冒失而愚蠢的事。他走出去站到门廊里,迎着那白色的强光,扣动了手中的扳机。

"别开枪。"我说,但是已经晚了。

子弹敲击在金属上发出嘎的响声,然后弹射开来。没有回击的枪声。

我一把推开他冲下前面的台阶。一个厢式货车正匆忙倒出车道。我冲过草坪,在货车加速之前拦住了它。右侧的车窗是开着的。我用一只胳膊勾住车窗,一只脚蹬上车子的脚踏板。驾驶员扭过头来,他的脸苍白如死尸。他细小的眼睛里闪着恐惧的神色。货车戛然而止,仿佛撞上了石头墙。我抓不住,被摔在地上。

货车后退,换挡,发出刺耳的摩擦声,然后冲我而来。我还跪在地上,明亮的车灯让我一瞬间失去了意识。车轮轰鸣着朝我轧过来。我感受到了他们的杀气,飞身向人行道摔去,滚到了路边。货车重重地轧过我刚才跪着的地方,沿着街道加速隆隆地驶去。货车的车牌上面没有灯光,或者压根儿就没有什么车牌。车的后门上没有窗子。

我跑回自己车子时,塔格特已经发动了引擎。我将他推出驾驶员的座位,去追那辆货车。到达落日大道时,它不见了踪影。我们没法判断它是进山了还是朝海的方向开了。

我转身看着塔格特。他沮丧地坐在那里,怀里放着枪。"我告诉你不要开枪的。"

"你说晚了。我已经瞄准了司机的脑袋逼他出来。"

"他想碾死我。如果你听我的话,他没有机会逃走的。"

"对不起,"他懊悔地说,"我想我是太紧张了。"他把枪还给我,枪把冲前。

"算了。"我左转朝城里开去。"你看清那车了吗?"

"我觉得那是辆军车,用来运兵的那种。漆成黑色,对不对?"

"是蓝色的。司机什么样?"

"我没有看得太清。他戴一顶鸭舌帽,就这些。"

"你有没有看到前面的车牌?"

"我不认为它有车牌。"

"真糟糕,"我说,"辛普森不太可能会待在那车里。"

"真的?你认为我们应该报警吗?"

"我觉得我们应该报警。但首先需要跟辛普森夫人谈谈。你给她打电话了吗?"

"我没办法找到她。我打电话时,她服了安眠药在睡觉。不吃药她没法睡觉。"

"那么明早我去见她。"

"你要跟我们一起飞过去吗?"

"我开车过去。我要先办点别的事。"

"什么事?"

"一点私事。"我不动声色地说。

之后他沉默不语,我也不想说话。天快亮了,城市上空飘着暗红色的云朵,它们的边缘开始变白。深夜出租车和私家车的车流逐渐被清晨的货车取代。我想找一辆蓝色的有封闭车厢的货车,但没找到它的踪影。

我将塔格特放在瓦莱利奥然后回家。我的门前放着一夸脱牛奶。我把它拿进屋。厨房里电时钟显示的时间是凌晨四点二十分。在冰箱冷冻室里我找到了一盒冰冻的牡蛎。我用它炖了一锅汤。我的妻子不喜欢牡蛎。现在我可以随时坐在厨房里尽情地吃牡蛎——牡蛎可以壮阳。

  我脱衣躺到床上，没有看房间另一侧的那张空床。某种程度上，不必向任何人解释你一天里都做了什么，这未尝不是一种解脱。

12

我到达城里时是早晨十点钟。彼得·科尔顿坐在他办公室的桌子前。我在情报局工作时,他曾在那里担任上校。我推开办公室的玻璃门时,他正在看一堆报告。他抬起头,目光犀利地看了我一眼,然后飞快地垂下眼睛,表示我并不受欢迎。他在地方检察官办公室担任高级调查员。他中年发福,金色的头发乱蓬蓬的,长着一个形状如快艇的船头一样凶巴巴的鼻子。他的办公室是一个灰泥的小房间,只有一个铁窗子。我在一张靠墙的硬背椅子上坐下来,那椅子坐着很不舒服。

过了一会儿,他转过脸,鼻子冲着我问道:"你的脸怎么了?如果那还算得上是张脸的话。"

"我跟人发生了争执。"

"你要我拘捕邻居家的恶棍吗?"他的微笑一直延伸到嘴角。"小个子,你必须得学会自己应付。当然,除非有什么好处给我。"

"一根棒棒糖,"我挖苦道,"外加三块泡泡糖。"

"你想用三块泡泡糖贿赂执法部门?难道你没有意识到我们已经身处原子时代了,朋友?三块泡泡糖里的能量足够将我们炸成碎片。"

"算了。我跟'疯狂钢琴'的人发生了争执。"

"你是不是觉得我无所事事,没有更好的办法来打发时间,只好把精力发泄在疯狂地弹奏钢琴上,或者是跟一个出局的婚姻侦探演一出闹剧?好吧,你有什么事,又想空手套白狼?"

"我要给你一样东西,它可以成为你一生中最得意的东西。"

"当然你是要回报的。"

"只是一点点回报。"我承认道。

"把你的故事说来听听——不要超过二十五个字。"

"你的时间可没那么宝贵。"

"十个字。"他说,他把鼻尖靠在拇指肚上。

"我的一个客户的丈夫前天从伯班克机场上了一辆身份不明的黑色轿车,之后就再也没有回来。"

"已经二十五个字了。"

"闭嘴。昨天她接到一封信,笔迹是他的,要十万美元现钞。"

"不可能有那么多钱的现钞。"

"有的,他们有钱。你觉得这意味着什么?"

他从桌子左上角的抽屉里取出了一捆油印的纸张在上面飞快地写着什么。"绑架?"他漫不经心地说。

"我觉得这是个骗局,也许我太敏感了。你在纸上写的是什么?"

"过去七十二小时之内没有见过黑色的轿车。开轿车的人会照顾自己。你说前天什么时间?"

我告诉他细节。

"你的客户反应有点儿慢,不是吗?"

"她非常谨慎。"

"但这事关她的丈夫。如果你告诉我她的名字将会有所帮助。"

"稍等。我说过我需要点东西——两样东西:一,这消息不能公开。"

我的客户不知道我在这里。二,那家伙不能死,我要他活着回来。"

"这事关重大,卢。"他站起来在窗户和门之间来回走动,像一只困在笼子里的熊。

"这事你得通过官方渠道来处理,然后我就无法控制了。与此同时,你可以做点事情。"

"为你吗?"

"为你自己。去调查各家租车行,这是第二件事。第三是关于'疯狂钢琴'。"

"就这些。"他在自己脸前挥舞双手,"我将等待正式报告——如果有的话。"

"我曾经给过你错误的信息吗?"

"有过很多,但我们不谈这个了。你经常言过其实。"

"我为什么要夸大事实呢?"

"因为那是让别人替你跑腿的最简单易行的办法。"他眯起眼睛想到了什么,"这个国家可有为数不少的租车行呢。"

"我本想自己做这件事的,但我必须出城去。那些人住在圣特雷莎。"

"他们绑架的是谁?"

"我可以信任你吗?"

"在一定程度上,其实你可以更信任我一些。"

"辛普森,"我说,"拉尔夫·辛普森。"

"我听说过他。我现在明白你说的十万美元的意思了。"

"问题是我们不知道他发生了什么事。我们必须等待。"

"对,这你刚才说过了。"他忽地一下站起来走到窗前,背对着房间说,"你还提到了'疯狂钢琴'。"

"那是在你指责我让别人替我跑腿之前。"

"别说我还能伤害到你的感情。"

"你只是让我失望,"我说,"我给了你一个关于十万美元现金和五百万美元资产的案子,但是你只会斤斤计较你的时间有多宝贵。"

"我不是自己的老板,卢。"他突然转身向我,"德怀特·特洛伊也牵扯在内吗?"

"谁是德怀特·特洛伊?"我问。

"一个厉害的角色。'疯狂钢琴'是他经营的。"

"我还以为那种地方是非法的,他那种人也该受到法律的制裁——原谅我的无知。"

"那么说你认识他?"

"他是不是个白头发的英国人?"科尔顿点头。"我见过他一次。不知道为什么,他拿枪指着我。我离开了。夺下他的枪不是我的工作。"

科尔顿不安地耸了耸宽厚的肩膀,"我们盯了他很多年了。他圆滑多变,过着花天酒地的生活,眼看快遇到麻烦,然后他就转行。三十年代初期是他最得意的时候,他在南加州做酒生意,后来衰败了。之后他经历了起起伏伏。有一段时间,他在内华达开赌场,但后来辛迪加们将他排挤出去。我听说他的产业最近做得不好,但我们还在等着他落网。"

"在你们等待期间,"我讽刺道,"你们可以关掉'疯狂钢琴'。"

"我们每六个月就关它一次,"他厉声说,"你没看到上次打击它的情景,那时它叫'莱茵石'。它楼上为偷窥癖和虐待狂提供了一个单向的窗子。一个定期的节目是一个女人鞭打一个男人,或诸如之类的事情。我们关了它。"

"那时谁在经营？"

"一个叫艾斯塔布鲁克的女人。她的下场如何？她甚至没有被起诉。"他愤怒地哼道，"对这种情况我无能为力。我不是政客。"

"特洛伊也不是政客，"我说，"你知道他住哪里？"

"不知道。是我问了你关于他的问题，卢。"

"是的。可是我没有答案。但是他跟辛普森似乎是在同一个圈子里混的。如果你聪明的话，应该在'疯狂钢琴'里布置个人。"

"如果我能空出人手的话。"他突然冲我走过来，一只手重重地搭在我肩上。"如果你再遇到特洛伊，不要试图夺走他的枪，很多人已经试过了。"

"可我还没试过。"

"不，"他说，"试过的人都丢了命。"

13

汽车以每小时六十英里的速度从洛杉矶开到圣特雷莎要两个小时。当我到达辛普森家的时候，已过正午，太阳正坠向大海，阳光透过逐渐散去的云朵在阳台上投下移动的影子。费利克斯让我进门，然后带我穿过房间来到客厅。

客厅非常宽敞，以至于里面厚重的家具都显得稀疏。面对大海的墙由一整块玻璃制成，两端是玻璃丝窗帘，看去仿佛是光束。辛普森夫人坐在巨大的玻璃窗旁边的一张软垫椅子上，像一个真人大小的洋娃娃被支在那里。她穿着柠檬绿色的丝质运动衫，衣着整齐。她的双足放在脚凳上，脚上穿着金光闪闪的鞋子。她的头发一丝不乱。门边放着那张金属轮椅。

她一动不动，无声无息。随着时间一秒秒过去，这场景近乎荒谬。我忍耐了一会儿，终于说："很好，你在找我。"

"你可是一点儿都不着急。"那红木雕像的脸愤怒地说。

"我没办法跟你道歉。我在非常努力地办你的案子，也给了你建议。你有没有照着做？"

"部分吧。靠近点，阿彻。坐下。我一点都不会伤害到你，真的。"她示意我坐到她对面的那张椅子上。我穿过房间走过去。

"哪一部分?"

"我的每一部分都是无害的。"她说,脸上又露出那凶残的微笑。"我的毒针已经被拔掉了。当然,我明白你指的是你的建议。阿尔伯特·格雷夫斯正在准备钱。"

"他有没有报警?"

"还没有。我想跟你谈一谈。但你先读读这封信。"

她从身边的咖啡桌上捡起一个信封扔给了我。我拿出在艾斯塔布鲁克太太家抽屉里找到的空信封与之比较。信封的大小、材质还有地址的笔迹都不一样,唯一的相似之处是圣玛利亚的邮戳。辛普森的信是寄给辛普森夫人的,是前一天下午四点三十分收寄的。

"你是什么时候拿到信的?"

"大约昨晚九点钟。正如你看到的,是快递。读一下吧。"

那是一张普通的白色信纸,一边写满了潦草的蓝色字迹:

亲爱的伊莱恩:

我突然遇到一桩紧急交易,急需现金。在美国银行我们的共有保险箱里有一些债券。阿尔伯特·格雷夫斯可以把可交易的债券兑现。我需要十万美元的现金,钞票面值不要超过五十美元和一百美元。不要让银行标记或记录钞票的编号,因为这笔交易是重要机密。在我再次跟你联系前,请把钱存在家里我的保险箱里。我会很快跟你联系,或者我会让一个持我亲笔信的信使与你联系。

你要信任阿尔伯特·格雷夫斯,但是不要将此事告诉他以外的任何其他人,这一点非常重要。如果你这样做了,我很可能会损失很多钱,并面临法律的制裁。必须绝对保守秘密,这就是为什么我要你为我准备钱,而不是直接去银行。我会在一周内完成这笔交易,然后很快和你见面。

爱你，勿挂
拉尔夫·辛普森

"干得很仔细，"我说，"但不够令人信服。他给出的不该本人亲自去银行的理由太牵强。格雷夫斯怎么想？"

"他也这么认为。他认为这是个骗局，但是，他说应由我来做决定。"

"你非常肯定这是你丈夫的笔迹？"

"毫无疑问。你有没有注意到'非常'二字的拼法？这是他最爱用的字眼之一，但是他总是拼错。他甚至念不对。拉尔夫不是个有文化的人。"

"问题是他是否还活着？"

她呆滞的蓝眼睛转向我，里面是不悦的神情。"阿彻先生，你真的认为事态如此严重吗？"

"他不经常做这种交易，不是吗？"

"我对他的交易一无所知。事实上，我们结婚时他已经退休了。战争期间他买卖了几个农场，但是他没有透露细节给我。"

"他的交易有没有非法的？"

"我真的不知道。他完全可以不让我知道，对此我无能为力。"

"还有什么事是你无能为力的？"

"我不信任他，"她淡淡地说，"我无法知道他的意图。用那些钱，也许他在计划一次环球旅行，或者他要离开我。我不知道。"

"我也不知道。但我的猜想是你丈夫现在是被索要赎金。他是被人用枪指着脑袋写这封信的。如果真是一桩交易，他没有理由写信给你。格雷夫斯是他的律师可以代他行使权力。但绑架者喜欢与受害人的妻子打交道。这对他们比较简单。"

"我该怎么做?"她紧张地说。

"按信的指示做。但你需要让警方知道。不要太明显或用公开的方式,要让警方静观事态发展。辛普森夫人,你知道,绑架者在拿到钱之后处理受害人最简单的办法就是打爆他的脑袋,然后将他扔掉。必须在这种事发生之前找到他,而我一个人可对付不了。"

"看起来你很肯定他是被绑架了。你有没有什么新的消息告诉我?"

"有不少呢。所有这些消息得出的结论是你丈夫结交了不该结交的朋友。"

"我知道的。"她脸上一瞬间露出了得意的神情。"他喜欢给人顾家男人和好父亲的形象,但是他从来骗不了我。"

"他交了非常坏的朋友,"我沉重地说,"是洛杉矶最坏最坏的人。"

"他有结交劣等人的嗜好——"她突然停住声音,抬眼看着我身后的门。

米兰达站在那里,身穿灰色的宽松长衫,这显得她身材更加高挑。她古铜色的头发挽在头顶,整个人看起来像是昨天我遇到的那个米兰达的姐姐。但是她眼睛里怒火中烧,她急迫地喊道:"你胆敢说我父亲的坏话!他可能都快死了,你却只关心如何跟他作对。"

"亲爱的,你以为那是我关心的一切?"那张棕色的脸又恢复了漠然。只有苍白的眼睛和精心涂抹过的双唇在移动。

"不要叫我'亲爱的'。"米兰达走过来。即使在盛怒之下,她的身体仍带着一种猫的优雅。她露出了爪子。"你关心的只有你自己。伊莱恩,你是我见过的最自恋的人。你虚荣死了,你化妆、烫头发、雇佣专门的美发师、节食——一切都是为了你自己，不是吗？这样你可以继续去爱自己，因为你不指望任何其他人来爱你。"

"当然不指望你，"年长的女人冷静地说，"你这样认为，让我很难过。但是亲爱的，你又在乎什么呢？也许是艾伦·塔格特？我想你昨晚跟他在一起，米兰达。"

"我没有。你在说谎。"

她背对着我站在她的继母面前。我感到尴尬，但我选择待着不动，一面摆弄着椅子的边缘寻找着平衡。我不只一次地见过女人先是吵架，后来动起手来。

"艾伦又失约了？他打算什么时候娶你呀？"

"永远不会！我才不要他。"米兰达的声音变了。她太年轻脆弱，打不了持久战。"取笑我对你来说太容易了。你从来没有关心过别人。你是个冷酷的人。如果你爱我的父亲，他现在就不会发生这种事情。你让他背井离乡来到加州，远离所有朋友。现在你又将他逼出家门。"

"一派胡言！"辛普森夫人也有些着急了。"米兰达，你说话要慎重。你从一开始就恨我，不论我是对是错。你哥哥对我比较公平——"

"不要把鲍勃扯进来。我知道你能掌控他，但是别以为你有什么了不起的。让你的继子关心你，这很满足你的虚荣心对不对？"

"够了，"辛普森夫人怒声说，"出去，你真可悲！"

米兰达没有动，但她沉默下来。我转动椅子，朝窗外看出去。在阶梯草坪下，一条石头小路通向远处的凉亭。凉亭修在悬崖边上，俯瞰着大海。凉亭小巧玲珑，呈八角形，有着圆锥形的顶子和玻璃制成的围墙。透过玻璃墙，我看到远处大海变幻的色彩：近处的碧浪夹杂着白色浪花，远处长满海藻的区域呈现出褐色，再远处是海天交界的一片深蓝色。

我看到海浪起伏区域的外面有异常的东西在移动。一个小小的黑色碟状物掠过水面，从一个浪尖跃到另一个浪尖，然后消失不见。片刻之后，另一个小黑碟跟着出现了。我看不见它们的来源，它们太靠近岸边，被陡峭的悬崖遮住了。六七个小黑碟掠过后，就不再有更多的出现。我不情愿地转身，望着寂静的室内。

米兰达仍站在另外一个女人的椅子前，但是她的姿态发生了改变。她的身体柔软下来。她向继母伸出一只手，并不愤怒。"对不起，伊莱恩。"我看不见她的脸。

我看得到辛普森夫人的脸——坚定而狡猾。"你伤害了我，"她说，"你不能希望我原谅你。"

"你也伤害了我，"她抽泣着，"你不该拿艾伦刺激我。"

"那你就不要对他那样趋之若鹜。不，我并不是那个意思，你了解的。我觉得你应该嫁给他，你愿意的，对不对？"

"对，但你知道父亲的看法，更别提艾伦了。"

"你来对付艾伦，"辛普森夫人几乎是高兴地说，"我来对付你父亲。"

"你真会这样做？"

"我向你保证。现在请你出去吧，米兰达。我非常累。"她瞥了我一眼，"这些对阿彻先生来说一定很开眼界。"

"对不起，"我说，"我刚在欣赏您窗外的景色。"

"很美，对吗？"她冲着正走出房间的米兰达喊道，"亲爱的，如果愿意，你可以留下来。我上楼去了。"

她拿起身边桌子上的银制手铃，突然的声响仿佛宣告拳击比赛的一轮战事刚刚结束。

米兰达在房子另一端的角落坐下来,脸扭向一侧。

"你看到了我们的不堪,"辛普森夫人对我说,"请不要以此评价我们。我决定照你说的做。"

"要我去报警吗?"

"阿尔伯特·格雷夫斯会去做。他跟圣特雷莎警方的人都很熟。他马上就到。"

管家克罗姆伯格夫人走进房间,推着一个橡胶轮子的轮椅从地毯上走过来。她几乎毫不费力地用胳膊抱起辛普森夫人,将她放在轮椅上。她们安静地离开了房间。

屋子里某处传来电动马达的低鸣,好像辛普森夫人已经升入了天堂。

14

我走向房间角落的长沙发坐下来,与米兰达并肩坐着。她并不看我。

"你一定认为我们很没有修养,"她说,"在外人面前那样子争吵。"

"但是似乎你有争吵的理由。"

"你并不是真的了解。伊莱恩有时候很好,但我认为她一直恨我,而我哥哥鲍勃则是她的宠物。"

"他在战争中阵亡了?"

"对。他跟我是截然不同的人。他坚强、有控制力,他做什么都很成功。他死后被授予了海军十字勋章。伊莱恩连他踩过的地板都崇拜。我曾经以为她爱上他了。但是,当然我们每个人都爱他。我们的家庭自从他死后搬到这里发生了很多的变化。父亲整个人垮掉了,伊莱恩假装瘫痪,而我也很痛苦。我说得太多了,对吗?"她侧面朝着我,姿势优雅。她的唇柔软地战栗着,大眼睛深不见底。她思绪重重。

"我不介意。"

"谢谢。"她微笑,"你看,我没有人可以倾诉。我以前觉得父亲那么有钱,自己真是幸运。我曾是个傲慢的小泼妇——也许我现在还是,但是我现在明白钱可以疏远你和别人的关系。我们还没有跟圣特雷莎的人们建立关系,在好莱坞的国际圈子里,我们没有朋友。我想我不应该责怪伊莱恩,但是她坚持我们在战争期间搬到这儿来住的。我的错误是不该离开学校。"

"你上的哪所学校?"

"拉德克利夫。我在那儿和别人相处也不太融洽,但在波士顿我有朋友。去年他们开除了我,因为我不服从校规。我应该回去的。只要我道歉,他们会要我的。但我太骄傲。我以为我可以跟父亲在一起,他确实试图好好对我。但是事情并不顺利。他与伊莱恩关系不好已经很多年了。家里气氛一直紧张。现在他又出事了。"

"我们会把他找回来,"我说。我感到应该旁敲侧击地问几个问题,"不论如何,你还有其他朋友,比如艾伦和格雷夫斯。"

"艾伦并不是真的关心我。我一度相信他是关心我的——但是,我不想谈论他。阿尔伯特·格雷夫斯不是我的朋友。他想娶我,这是完全不同的。跟一个想跟你结婚的男人一起时,你不可能放松。"

"从各方面看,他都很爱你。"

"我知道他爱我。"她扬起她圆圆的、骄傲的下巴,"所以我无法轻松,因为他令我感到乏味。"

"你要的简直太多了,米兰达。"我的话说得也很多,仿佛迈尔斯·斯坦迪什的求婚叙事长诗里的人物。"事情并不总如人所愿,不论你多么努力。你既浪漫,又非常自我。有一天你会重重地摔到地上。你可能摔断脖子,或者粉碎你的自尊——我希望如此。"

"我说过我是个傲慢的小泼妇。"她满不在乎地说,"这应被惩罚吗?"

"不要再将傲慢用在我身上。你已经做过一次了。"

她故作严肃地睁大了眼睛说:"你是说昨天我吻了你?"

"我不想假装说我不喜欢。我喜欢那个吻。但那让我发疯,因为我痛恨被人利用。"

"那么我的阴险目的是什么?"

"你的目的并不阴险,只是幼稚。你应该想出更好的办法来吸引塔格特。"

"我不想谈论他。"她情绪激动地说,然后缓和下来,"那让你非常生气吗?"

"我是这样生气的——"

我手按着她的肩,我的唇覆盖了她的嘴唇。她半张着嘴,双唇炙热。她的身体从胸部到膝盖都是冰凉而僵硬的。她没有反抗,但也没有迎合我。

"你满意了?"当我放开她后,她说。

我凝视着她绿色的大眼睛。她目光坦然而平静,但里面的阴郁深不见底。我好奇在这如海般深沉的阴郁中到底蕴藏了什么。

"这让我的自尊心得到安慰。"

她大笑道:"这至少安慰了你的嘴唇。你嘴上沾了唇膏。"

我用手绢擦嘴巴。"你多大了?"

"二十。对于你的阴险目的,我已经足够大了。你觉得我举止像个孩子?"

"你是个女人。"我故意打量着她的身体——丰满的乳房、扁平的小腹、浑圆的屁股,修长的双腿,我打量着她,直到她感到不安。"做女人就要承担一定的责任。"

"我知道。"她的声音沙哑,流露出自责。"我不该那样放肆。你经历的足够多了,不是吗?"

这是个少女才会问的问题，但是我的回答很认真。"太多了，我经历过各种事情。我以此为生。"

"我想我还没有玩够。很抱歉我惹你生气了。"她突然倾过身来，轻轻地在我的双颊上吻了一下。

我感到失望，那是一个外甥女给舅舅的吻。不过我确实比她大了十五岁。当我意识到阿尔伯特·格雷夫斯比她大了二十岁时，我不再感到失望。

车道上传来了汽车的声音，接着房间里响起脚步声。

"一定是伯特来了。"她说。

他进屋时，我俩已经站得很远。但是他偷偷地看了我一眼，尽管他立刻装作若无其事，我还是看到了他眼神中的猜疑和伤痛，还有他的眉宇间那几条忧虑的竖纹。他看起来睡眠不足，但动作迅速且果断，对于一个体形庞大的男人来说，他的步伐算得上敏捷。至少，看起来他乐于采取行动。他跟米兰达打招呼，然后转向我。

"情况怎么样，卢？"

"你准备好钱了？"

他拿出胳膊底下夹着的小牛皮公文包，用钥匙开了锁，将里面的东西倒在咖啡桌上。那是一打多用红色胶带捆绑好了的长方形纸包，纸包是用棕色的银行纸裹好了的。

"十万美元，"他说，"一千张五十美元的和五百张一百美元的。天知道我们要怎么处理这些钱。"

"现在先把钱放进保险箱。家里有一个，对不对？"

"对，"米兰达说，"在父亲的书房里。密码在他的书桌里。"

"还有，你需要保护这些钱还有这家子人。"

格雷夫斯手拿着那些棕色纸包，转身看着我问："那你准备做什么？"

"我不会留在这儿。我要去找一个警长的副手来帮忙，这是他们的职责。"

"辛普森夫人不让我给他们打电话。"

"她现在同意了。她要你把事情交给警方。"

"很好！她终于想通了。我先把钱收好，然后就打电话。"

"伯特，你应该亲自去见他们。"

"为什么？"

"因为，"我说，"这事情看似内贼所为。在这家里，可能有人对电话的内容非常感兴趣。"

"你比我觉察得早，但我明白你的意思。那封信就是内部人所为，其中的信息有可能来自辛普森，但也有可能不是。假设有内贼，那么辛普森确实遭到了绑架。"

"我们暂且如此假设，直到这假设被推翻。一定要让警方保持镇静。我们绝不能惊吓他们，如果我们想让辛普森活着的话。"

"这我明白。但是你打算去哪儿呢？"

"这个信封上的邮戳来自圣玛利亚。"我懒得跟他解释我口袋里的另一个信封。"有可能他到过那儿做生意，合法或不合法的都有可能。我要去那儿看看。"

"我从没听说过他在那儿有生意。但也许还是值得一探究竟。"

"你试过联系农场吗？"米兰达问格雷夫斯。

"今天早上我给车间主任打过电话。他们没有他的消息。"

"什么农场？"我问。

"父亲在贝克尔斯菲尔德那边有个农场，用于种菜。现在他不太可能去那边，因为那边出了些麻烦。"

"地里的工人们出去罢工了，"格雷夫斯说，"已经有几个月了，还出了暴力事件，情况很糟糕。"

"跟这案子会有关系吗？"

"我不这么认为。"

"你知道，"米兰达说，"他可能在神殿里。他以前在那儿的时候，他的信都是从圣玛利亚寄过来的。"

"在神殿里？"此前有过一两次，这个案子让我仿佛一下子跌入幻境，这是在加州工作令人烦恼的职业风险之一。

"就是在云中的那座神殿——他送给克劳德的那座神殿。初春的时候父亲在那儿待了几天。它在圣玛利亚附近的山里。"

"谁是克劳德？"我问。

"我以前告诉过你。"格雷夫斯说，"就是得到一座山的那个神职人员。他把那所木屋改造成了一座类似神殿的建筑。"

"克劳德是个骗人的家伙，"米兰达插话说，"他留长头发，从来不剪胡子，他还拙劣地模仿沃尔特·惠特曼说话的样子。"

"你去过那里？"我问她。

"我开车送拉尔夫去过。但是克劳德一张嘴说话我就离开了。我受不了他。他是只肮脏的老山羊，他说话声很刺耳，那双眼睛是我看到过的最下流的眼睛。"

"现在你带我过去怎样？"

"好的，我去添一件毛衣。"

格雷夫斯嘴巴无声地动了一下似乎在表示抗议。他忧虑地看着她离开房间。

"我会把她安全地带回来。"我说。我真应该管住自己的嘴。

他像公牛一样低着头向我走过来。他身材高大，肌肉结实，胳膊在两侧僵硬不动，双拳紧握。

"你给我听着，阿彻，"他一字一句地说，"把你腮上的口红擦了，不然我来帮你擦。"

我试图用一个微笑来掩饰我的尴尬。"我可以应付你，格雷夫斯。对付嫉妒的男人我很有经验。"

"你说得也许没错。但是别打米兰达的主意。不然我就打花你的脸。"

我揉搓着印了米兰达口红的左脸颊。"别冤枉她——"

"那么我猜你刚才是跟辛普森夫人玩接吻游戏？"他发出一声伤心的低笑，"别演戏了！"

"是米兰达，但不是什么游戏。她感到低落，我安慰她，然后她吻了我，就一下。不代表什么，是给长辈的那种吻。"

"我相信你，"他犹豫地说，"你知道我对米兰达的感情。"

"她告诉过我。"

"她怎么说？"

"你爱她。"

"我很高兴她知道这点。我多希望她感到失落时能向我倾诉。"他苦笑道，"阿彻，你是怎么做到的。"

"别向我咨询感情问题。我肯定会让你感到更糟，但是我倒有一条建议。"

"快说。"

"放轻松点儿，"我说，"别紧张。我们手头上有重要的工作要做，我们必须冷静。我对你的爱情生活构不成威胁，即便我能，也不会那样去做。我坦白地告诉你，塔格特也不是威胁。他对米兰达没有兴趣。"

"谢谢。"他低声说。他不是那种喜欢说知心话的男人。但是他可怜兮兮地补充道:"她比我小不少,而塔格特又那么年轻英俊。"

门外厅里传来了脚步声,出现在门口的正是塔格特。"有人在想我吗?"

他除了泳裤之外,别的什么都没穿。他有着宽肩、细腰、长腿,脑袋上是黑色湿润的发卷,脸上挂着慵懒的微笑,他简直可以去扮演一个希腊神话中年轻的男神。阿尔伯特·格雷夫斯看过去,脸上带着不悦,然后缓缓地说:"我正跟阿彻说你有多英俊呢。"

他脸上的微笑收缩了一下,但停在了那里。"这赞美听起来可真不怎么样,但是管他呢。你好,阿彻!有什么新消息吗?"

"没有,"我说,"我刚告诉格雷夫斯你对米兰达没兴趣。"

"你说得对,"他轻松地回答,"米兰达是个好女孩,但不是我要的类型。失陪了,我去换件衣服。"

"没问题。"格雷夫斯说。

但是我把他叫住:"等一下。你有枪吗?"

"我有一对打靶手枪,是点三二口径的。"

"拿一支装上子弹带在身上。你留在家里留心守着。不要随便开枪。"

"我吃过教训,"他开心地说,"你觉得会有事发生吗?"

"不,但是如果真有什么事,我们得有所防备。你能照我说的去做吗?"

"一定。"

"他不是个坏孩子,"他离开后格雷夫斯说,"但是我一看到他就受不了。多奇怪啊,我以前从来没有嫉妒过别人。"

"你从没有恋爱过?"

"在此之前没有过。"他站在那里缩着肩膀,一副不幸、欣喜而又绝望的表情。他生平第一次恋爱就想完全得到她。我真替他难过。

"告诉我,"他说,"米兰达为什么不开心?是因为她父亲的生意吗?"

"那只是一部分原因。她觉得这个家快要破碎了。她需要一种支撑。"

"我知道她需要。这就是我要娶她的原因之一。当然还有别的原因,但是我就不跟你解释了。"

"不用,"我说,但接下来我冒险地提出一个直率的问题,"为了钱,也是原因之一吗?"

他目光犀利地看着我说:"米兰达自己并没有钱。"

"但是她会有的。"

"她父亲死后她自然会有。我为他写的遗嘱,她将得到一半的钱。我对钱并没有反感——"他苦笑,"但是我不是个掘金者,如果你是这个意思的话。"

"我不是那意思。但是她可能会提前得到那笔钱。辛普森在洛杉矶结交了一些危险的人物。他有没有提到过艾斯塔布鲁克太太?费伊·艾斯塔布鲁克,或者一个叫特洛伊的男人?"

"你知道特洛伊?他是个什么样的人?"

"一个持枪歹徒,"我说,"我听说他杀过人。"

"这我不觉得奇怪。我试图劝说辛普森跟特洛伊保持距离,但是他觉得这个人没有危险。"

"你见过特洛伊?"

"几个月前在拉斯维加斯辛普森介绍我们认识。我们三个人去酒吧喝了几杯,那里很多人都认识他。赌场的老板都认得他,这足以证明些什么吧。"

"也许说明不了什么。但他一度在拉斯维加斯有自己的赌场。他做过很多生意。绑架这样的事我相信他是做得出来的。特洛伊是怎么认识辛普森的?"

"我感觉他是为辛普森工作的,但我不能肯定。他是个古怪的家伙。那晚他看着我和辛普森赌博,他自己却不赌。那晚我输了整整一千块。辛普森赢了四千块。对于他来说,那都是注定要发生的。"他悲伤地笑着说道。

"也许特洛伊想给你们留个好印象?"我说。

"也许吧。那个浑蛋让我害怕。你认为此事因他而起?"

"我正努力查明。"我说,"伯特,辛普森需要钱吗?"

"当然不!他是个百万富翁啊。"

"他为什么要跟特洛伊那样的浑蛋做生意?"

"他手头有时间。得州和俄克拉荷马的专利税滚滚而来,让他觉得厌倦。辛普森天生会赚钱,正如我天生会输钱。钱除非是他赚来的,他才开心;而我是亏了钱才开心。"米兰达走进房间,他赶忙住嘴。

"准备好了吗?"她说,"不用担心我,伯特。"

她用手捏他的肩。她浅棕色的大衣敞开着,毛衣下的乳房坚挺如同武器,令人期待而害怕。她披散着的头发放在耳后,明亮的脸颊挑逗性地侧向他。

他温柔地轻吻她的面颊。我还是替他感到难过。他是个强壮而聪明的男人,但是身穿蓝色细条纹西装的他,在米兰达身边略显沉闷。米兰达充满青春活力,对她来说,他显得既疲惫又苍老。

15

坳道在斜坡上攀爬，沿途是灰褐色的丛林和不时穿插其间的红色土地。我将油门踩到底，也只能将速度保持在五十英里。随着我们的攀升，道路变得越来越狭窄、曲折和陡峭。我不时看到嵌着巨大卵石的斜坡和宽达一英里的峡谷，峡谷的边缘是山地橡树，上方有凌空架起的电话线。偶尔在经过两山之间的裂缝时，我可以看到下面的大海，仿佛一片蓝色的云斜挂在后方。然后道路兜了一个弯进入了封闭的山峦，坳道里的云让周围一下子变得灰暗寒冷。

云层从外面看起来很厚重，但当我们进入之后，云就渐渐稀薄了，在路上如缕缕白丝一样游过。云下是贫瘠暗淡的山坡。开着一辆一九四六年的老车，身边坐着年轻的女郎，我可以想象我们从科尔顿所称的核时代穿越至石器时代，此时的人类刚学会直立行走，并开始靠太阳来计算时间。

雾气渐浓，能见度只有二十五到三十英尺。我飞快地冲过了最后一个发卡弯，前面变成了大直路。一直在费力工作的发动机忽然找回了自己的节奏，车速一下子提了上来，我们冲出了云层。从坳道顶上我们可以看到下方的山谷里阳光普照，仿佛盛满了黄油的碗。另一边的山陡峭而清晰。

"是不是很壮观啊？"米兰达说，"无论圣特雷莎那边的天气有多阴沉，山谷里总是阳光灿烂。雨季的时候我经常一个人开车过来，只是为了晒晒太阳。"

"我喜欢阳光。"

"真的？我以前不认为你会对阳光之类的简单东西感兴趣。你的生活是那么绚丽多彩，不是吗？"

"你要是这么认为我也无话可说。"

她沉默了下来，看着前方颠簸的路面和两旁流水般倒退的蓝天。前方的道路一马平川，在黄绿相间如同棋盘一般的山谷里穿梭。除了田野里劳作的墨西哥工人，不见一个人影。我将油门踩到底，时速表的指针停在八十五英里和九十英里之间。

"阿彻，你在逃避什么？"她嘲弄地问。

"我没有逃避什么。你想要一个严肃的回答吗？"

"偶尔严肃一下没什么不好。"

"我喜欢冒险和征服感。我猜这让我觉得自己强大，让我感到生命由自己控制，知道我不会死去。"

"除非我们的车爆胎。"

"我从没爆过胎。"

"告诉我，"她说，"这是你干这一行的原因？因为你喜欢冒险？"

"这是个不错的原因，只是，这并不是真的。"

"那又是为什么？"

"我从另一个人那里继承了这个工作。"

"你父亲？"

"年轻时的自己。我曾认为世上只有好和坏两种人。你可以将罪恶都归在坏人身上，然后惩罚他们。我现在还是这样子。我话说得太多了。"

"继续。"

"我自己是一团糟,为什么要让你也烦恼?"

"我本来就已经是一团糟。我不明白你说的话。"

"那我就从头说起吧。一九三五年进入警局工作时,我相信罪恶是一些人生来具有的品质,就像兔唇一样。警察的职责是找到这些人并将他们绳之以法,但是罪恶并不是如此简单。每个人身上都潜伏着罪恶,是否能在行动上表现出来,取决于很多因素——环境、机遇、经济压力、坏运气、坏朋友。警察的麻烦是必须根据经验法则去做出判断和行动。"

"你会去判断人吗?"

"每个我遇到的人。警察学校的毕业生非常注重科学推理,这也确实重要。但是我的大部分工作是观察和判断人。"

"你在每个人身上都看到罪恶?"

"差不多吧。也许是我越来越犀利了,或者是人们变得更坏了——这都有可能。战争和通货膨胀总是催生一撮坏人,其中的很多都在加利福尼亚安顿下来。"

"你不是在指我们家吧?"

"没有特指。"

"不管怎样,你不能用那套战争理论来指责拉尔夫,那不是全部的原因。他从来都是邪恶的,至少从我记事以来。"

"你的一生。"

"对,我的一生。"

"我不知道你对他的看法是这样的。"

"我曾试图去理解他,"她说,"也许年轻时他有他的理由。要知道他起初一无所有。他的父亲是个佃农，从来没有自己的土地。我可以理解拉尔夫为什么一辈子都在购买土地。你以为他对穷人会有同情心，因为他自己受过穷。比如对那些罢工的农场工人，他们的生活条件很差，工资很低，但拉尔夫不承认这一点。他竭尽全力逼迫他们复工。他似乎不能理解地里的那些墨西哥工人也是人。"

"这是个再普通不过的错觉，而且是个实用的错觉。如果你不承认他们是人，欺负他们就变得容易。我人近中年时开始变成了一个道德家。"

"你也判断我吗？"停了一下，她问我。

"暂时的。目前还没有什么证据。我认为你几乎具备一切条件，因此你可以成为任何人。"

"为什么是'几乎'呢？我最大的欠缺是什么？"

"你是一面风筝，你需要掌控方向。你不能加大风力，你必须找到它的节奏，让它来支撑你。"

"你是个怪人，"她轻轻地说，"我不知道你能说出这样的话。你也判断自己吗？"

"我尽量控制自己不去这样做。但是昨天晚上我做了。我在给一个醉鬼灌酒，然后我看到了镜子中自己的脸。"

"结论是什么？"

"法官还没有宣判，但是他对我进行了严厉的斥责。"

"那是你喜欢开快车的原因？"

"也许是吧。"

"我可以给出一个不同的解释。我还是认为你在逃避。你向往死亡。"

"请不要用这些心理学术语。你难道不开快车吗？"

"我开凯迪拉克在这条路上跑过一百五。"

我们之间的游戏规则尚不明了，但是我觉得自己已处在下风。"那么你的原因是什么？"

"我感到无聊。我假装我要去见什么——一个崭新的前所未有的东西，一个赤裸、明亮的东西，一个路上的移动飞靶。"

我忽然莫名其妙地感到愤怒，但我说话的语气像个父亲。"如果你常常这样做你会遇到前所未有的东西，比如头骨粉碎，失去知觉。"

"该死，"她怒斥道，"你说你喜欢危险，但是你跟阿尔伯特·格雷夫斯一样古板沉闷。"

"对不起，如果我吓着了你。"

"吓着我？"她发出短促的冷笑，如同海鸟的鸣叫，"你们男人还沉浸在维多利亚时代。我猜你还认为女人的所在位置应该是在家里，对不对？"

"至少不是在我家里。"

道路又开始攀升，变得迂回曲折。爬坡又将车速降回至五十。我们之间不再有什么可说的话题了。

16

我们上升到了一个能让我意识到自己呼吸的高度,这时前方出现了一条厚厚的碎石铺就的道路,一扇紧闭的木头大门挡住了去路。门前的金属信箱上印着白色字体的名字——克劳德。我开了大门,米兰达将车开进去。

"还有一英里,"她说,"你相信我吗?"

"不,但是我想看看风景。我是第一次来这里。"

除了这条路之外,这里没有任何人的踪迹。在我们盘旋而上时,我看到下面露出的巨石和点缀着常绿植物的山谷。在更远处的下方,透过树枝,我看到一只跳跃的鹿的棕色身影。另一只鹿高高跃起追逐着它。空气是如此清澈而凝滞,如果能听到鹿蹄发出的碰撞声我也不会惊讶。但除了发动机的声音之外,四周一片安静,除了明亮的空气和对面山上光秃秃的石头,我们什么都听不到、看不到。

车子爬过山顶上一片圆形洼地的边缘。在我们下方的平地中央,云雾缭绕中屹立着一座神殿。除了鹰和飞行员,没人知道它的存在。那是一座方形建筑物,只有一层,用白色的石头和土砖砌成,中间有一个院子。铁丝栅栏里面还有一些附属建筑,围绕着神殿呈栅栏状分布。其中有一座房子的烟囱里冒着黑烟,袅袅地升上天空。

然后，我看见主建筑的屋顶平台上有一个物体开始移动，这个物体刚才是静止不动的，以至于我完全没有注意到它。一个老人正盘腿而坐。他缓缓地站起来，他身形高大，肤色是棕色皮革的颜色。他长长的头发和胡须很久没有修剪了，乱糟糟地在脑袋上纠结着，看上去仿佛是旧地图上的太阳图案。他故意费力地弯腰捡起一片布，围在赤裸的腰间。他举起一只胳膊，好像示意我们耐心一些，然后下了房顶走进里面的院子。

随着铁门吱呀一声打开来，他出现在门口。他步履蹒跚地过来打开大门。我第一次看到他的眼睛——浑浊的蓝色，平淡、冷漠如同动物的眼睛。虽然他的肩膀宽厚，被太阳晒成棕色，还有飘在胸前的长长胡须，但他看起来有点女人气。他拿捏的语调听起来像是男中音和女低音的混合。

"你们好啊，我的朋友！欢迎任何路过我家的人进来一同分享食物。好客是近乎跟健康同等重要的最大美德。"

"谢谢。我们可以开车进来吗？"

"请把车停在栅栏外面，朋友。即使是我外围的环境，也不应被机械文明所玷污。"

"我以为你认识他。"下车时我对米兰达说。

"我想他视力不是太好。"

当我们走近时，他乳蓝色的眼睛凝视她的脸。他倾身看她，白发向前飘过来，披到肩上。

"你好，克劳德。"她轻快地说。

"居然是你，辛普森小姐！我没想到今天会有年轻美丽的姑娘到访。如此青春！如此美丽！"

他张嘴呼吸着。他有厚而红的嘴唇。我观察他的双脚来判断他的年龄。他穿着绳编的凉鞋,露出肿胀粗糙的脚趾——那是一双六十岁人的脚。

"谢谢,"她不悦地说,"我是来找拉尔夫的,如果他在这儿的话。"

"但是他不在这里,辛普森小姐。这里只有我一个人。我的弟子也被我暂时派走了。"他淡淡地微笑,没有露出牙齿。"我是一只年迈的老鹰,只与群山和太阳交流。"

"一只老秃鹫!"米兰达的声音清晰可闻,"最近拉尔夫来过这儿吗?"

"他几个月没来了。他说一定要来的,但是还没。你的父亲很有精神方面的天赋,但是他仍被物质生活所束缚,因此很难引导他进入蔚蓝世界。对他来说,将自己暴露于太阳之下是痛苦的。"他抑扬顿挫,近乎仪式一般地说。

"我到处转转你不介意吧?"我说,"我想确定他不在这里。"

"我告诉你这里只有我一个人。"他转向米兰达,"这个年轻人是谁?"

"阿彻先生。他在帮我寻找拉尔夫。"

"我明白了。恐怕你必须相信我,他不在这里,阿彻先生。我不能允许你进入房屋内部,因为你没有经过净化仪式。"

"我想无论如何我都要转一圈看看。"

"但那是不可能的。"他把一只手搭在我的肩上。那只深棕色手的柔软、肥厚,像是一条煎鱼。"你绝不能进入神殿,那会激怒密特拉神。"

他的呼吸有一种酸甜混杂的恶臭味。我拿下他放在我肩上的手,说:"你自己经过净化吗?"

他冲着太阳扬起混沌的双眼说:"你不应该对此不屑一顾。我曾是个迷途的罪人,内心迷茫充满罪恶,直到我进入了蔚蓝世界。太阳的利剑刺杀黑牛污浊的肉体,我得到了净化。"

"我是潘帕斯草原上的野牛。"我自言自语。

米兰达上前站在我俩中间。"少废话了,我们一定要搜一下。克劳德,你的鬼话我一句都不信。"

他低下一头乱发的脑袋,无奈地苦笑,那样子令人作呕。"悉听尊便,辛普森小姐。你们要为自己大逆不道的行为负责。我希望密特拉神对你们的惩罚不要太重。"

她不屑地从他身边飞快走过。我跟着她穿过拱形的门廊,进入神殿的内院。西边红色的太阳看上去无动于衷。克劳德没有再看我们,一言不发地走上石头台阶,消失在屋顶上。

石头铺地的院子里空空荡荡。周围的墙上有很多木门。我按动离我最近的一扇门的门闩——门开了。里面是橡木搭建的房间,一张固定的床,上面盖着肮脏的毯子。一个没有牌子的破烂行李箱,廉价的硬纸板做的衣橱,还有克劳德身上那种酸甜的恶臭味。

"这就是圣洁的味道。"米兰达在我耳旁说。

"你父亲真的跟克劳德住在这里?"

"恐怕是的。"她皱起鼻子,"他对太阳的崇拜这件事非常地认真。这与他对星座的迷信很有关系。"

"他真的把这地方送给了克劳德?"

"我不能肯定他是否把地产权给了他。他把这儿给了克劳德让他建一座神殿。我想将来他会把地收回来,如果他真能从癫狂的宗教中走出来的话。"

"这真是个有点奇怪的狩猎屋。"

"这并不是所狩猎屋,他建造这房子是为了逃避。"

"他在逃避什么？"

"战争。这起源于拉尔夫生命的前一个阶段——宗教前阶段。他深信马上要爆发一场新的战争。如果国家被侵略的话，这房子将是我们的避难所。但是去年就在他们修建防空洞的时候，他克服了对战争的恐惧。当时避难所的全部计划也都已完成。他转而在占星术里寻求解脱。"

"我没有使用'癫狂'这个词，"我说，"而你却这么说。你真是这么认为的？"

"并非如此。"她略带苍凉地微笑着，"如果你了解拉尔夫的话，他看起来并不疯狂。我认为他觉得自己有罪，因为他从上一场战争中发了不义之财，然后鲍勃死了。负罪感能引发各种各样不理智的恐惧。"

"你读了一本新书，"我说，"这次是一本心理学教材。"

她的反应令我惊讶。"你让我恶心，阿彻。你总是扮演笨蛋侦探的角色，难道你不觉得厌倦吗？"

"当然，我感到厌倦。我需要一个赤裸、明亮的东西。一个在路上移动的飞靶。"

"你——"她咬着嘴唇涨红了脸，怒气冲冲地转身离开了。

我们不停地开门、关门，一间一间地搜索。大多数房间里除了床之外没别的东西。在视野尽头的大客厅里，地板上放着五六个草垫子。房间的窗户很小，墙很厚，像是一个堡垒。里面的空气散发着乡村监狱的味道。

"不管这是些什么样的弟子，他们过得不错。你以前来的时候有没有见过他们？"

"没有。但是我没进来过。"

"有些人像吸血鬼,比如克劳德。这些弟子把他们的一切交出来,而他们得到的除了饥饿和可能会精神崩溃外一无所有。但以前我从来没听说过有太阳崇拜的神殿。我奇怪这些人今天都去哪儿了?"

我们转了一圈,什么人也没有发现。我朝房顶上看去,克劳德赤裸上身坐在那里,面朝太阳,背对着我们。他腰间堆着厚厚的肥肉。他脑袋前后晃动,好像在跟人无声地争执着。他看上去像个长了胡子的女人,如两性人一样的脊背和脑袋被太阳勾勒出奇怪可笑而令人厌恶的轮廓。

米兰达碰一碰我的胳膊。"说到癫狂——"

"他在演戏,"我说,虽然我并不太肯定,"至少你父亲不在这里,这一点他说的是实话。除非他在另外几间房子里。"

我们穿过碎石路来到那所烟囱里冒出青烟的砖房前。我透过敞开的门向里张望。一个头上蒙着披肩的女孩盘腿坐在火堆前,在一口沸腾冒泡的锅里搅拌着。那是一口五加仑的锅,里面盛满的好像是豆子。

"看起来弟子们要过来吃晚饭。"

那女孩转头看我们。她的脸是印度人的那种陶土肤色,眼白更显得像陶瓷一样洁白。

"你有没有见过一个老人?"我用西班牙语问。

她朝着神殿的方向耸了一下肩。她身上穿着印花的棉布衣。

"不是那个老人。一个没有胡子、肥胖而有钱的老人。他叫辛普森先生。"

她耸耸肩,又回身面对着那口豆锅。我们身后传来了克劳德的凉鞋踩在碎石上的脚步声。

"你看到了,我并非完全独自一人,这里还有我的侍女,但是她跟动物其实没有太大区别。如果你们的事情办得差不多了，也许你可以让我重新开始冥想。快要日落了，我必须对神的离去表示敬意。"

我看到砖房旁边有一个上了锁的镀镍的门。"在你走之前，打开这间屋子。"

他叹了口气，然后从层层的衣服下摸出一串钥匙。屋子里有一堆包裹和纸箱，大都是空的。还有几袋豆子，一箱炼乳。在几个纸箱里放着一些工作服和工作靴。

克劳德站在门口看着我们。"我的弟子们白天有时候来山谷里干活。在菜地里干活是一种朝拜。"

他后退让我出去。我注意到碎石地的边缘他的脚刚刚踩过的泥地上有一个印记，那是一个巨大的货车车胎的印记，那鲱鱼骨形状的轮胎图案我以前见过。

"我以为你不允许机械文明进入栅栏里面来。"

他凝视地面然后微笑了。"只在必要的时候。前些天一辆货车来送了一些生活必需品。"

"我希望它是被净化过的。"

"司机是的，没错。"

"很好，我想你得做一些清洁工作，因为我们把这地方给污染了。"

"那是你跟神之间的事。"他回头看了一眼正在落下的太阳，走回到他屋顶的栖息地。

在驶回高速路的途中，我记下了来时的路，这样当我不得不在晚上驾驶时，我也能开过来。

17

还没等我们进入山谷,太阳已经坠入了海边山峦之上的云层里。云的倒影投射在空荡荡的田野里。一辆辆卡车与我们擦肩而过,里面载着的是返回农场宿舍的工人。他们结束了一天在田野里的劳作,像牲口一样挤在卡车呼呼作响的后车篷里。男人、女人和孩子,他们耐心地沉默着,等待着吃饭、睡觉和第二天太阳的升起。黄昏时分,太阳已经落下,而夜晚还未真正到来,我小心地驾驶着,车速渐渐放慢下来。

坳地里的云如同流动的牛奶,伴着我们一路来到了山的另一侧,与渐浓渐冷的夜色融为一体。有一两次在弯道的时候,米兰达倚在我身上颤抖。我没有问她是冷还是害怕。这两个原因都不是我希望她选择的。

云从山上一路飘到一〇一国道。从高处我可以看到下面高速路上的车灯在雾中模糊的光线。我在进入高速路前的"停止"标志前停下来,等待车流通过。这时,一对明亮的车灯从圣特雷莎方向驶来。车灯突然照向我们,仿佛一对野兽的眼睛。这辆飞驰的汽车试图驶入坳道,它的刹车发出尖锐的摩擦声,车轮跳跃咆哮着。但是我没有让它过去。

那司机变回直线,以四十五到五十英里的速度换成二挡,在我的保险杠前打弯,从右侧我和"停止"标志之间七尺的空隙钻了过去。我瞥到了司机的脸:皮制鸭舌帽下,有一张消瘦、苍白、被雾灯映成黄色的脸。他开的是一辆深色轿车。

我倒车转弯追上去。黑色的路面很湿滑,我的速度不够快。前方车辆的红色尾灯渐渐被雾气吞没。不过这本来也是徒劳,他随时可能驶入任何一条与高速平行的乡村道路。我能为辛普森做的,也许只是眼睁睁地看着那辆车跑掉。我猛地踩下了刹车,米兰达不得不用双手扶住仪表盘。我开始变得暴力。

"你到底是怎么回事?你知道他并没有撞上我们。"

"我希望他撞上了。"

"他很冒失,但他车开得很好。"

"对,他是我想撞上去的移动飞靶。"

她好奇地看着我。下方的仪表盘灯在她脸上投下阴影,黑暗中只能看到她明亮的眼睛。"你看起来很不好,阿彻。我又让你生气了吗?"

"不是你,"我说,"是这个案子没有进展。我喜欢直接的行动。"

"我明白了。"她听起来有些失望,"现在带我回家吧。我又冷又饿。"

我驶入浅沟,穿过高速路驶回卡布里罗峡谷。在路灯黄色光芒照不到的前方,没有了白日的阳光,丛林和灌木在浓重的雾气中呈现出颓废的烟灰色。这图画跟我脑海中模糊不清的图案很相称。我昏昏沉沉地寻找着一条线索,通向拉尔夫可能被隐藏的地方。

线索就等在辛普森家车道入口处的信箱里。找到它不费吹灰之力。米兰达首先发现了它,她叫道:"停车!"

她打开车门时,我看到一个白色的信封夹在信箱的搁信槽里。"等一下,让我来处理。"

我的语气制止了她,她一脚站在地上,一只手正要去拿那封信。我捏着信封的一角,用一条干净的手绢把它包了起来。"上面可能有指纹。"

"你怎么知道是父亲写来的?"

"我不知道。你把车开到房前。"

我在厨房打开信封。房顶上的荧光灯在白色的珐琅桌面上洒下惨淡的白光。信封上没有名字和地址。我用手指尖撕开一角,抽出里面折着的信纸。

看到信纸上粘贴着的打印字体,我的心一沉。字母是一个一个剪下来拼写成信的,这是绑架案件的典型手法。信上是这样写的:

辛普森先生很安全 / 把十万美元用白纸包好绳子捆好 / 放在圣特雷莎边界高速路南端弗莱尔斯路对面的草地中央 / 今晚九点钟做这件事情 / 做完马上离开 / 你的行动会被监视 / 朝圣特雷莎北面开 / 不要试图报警 / 如果你珍惜辛普森的生命的话 / 你会被监视 / 如果没有埋伏追查和做了标记的钞票的话 / 他会在明天回家

如果不照上面的去做 / 辛普森会很惨

家族的朋友

"你猜对了。"米兰达近乎耳语地说。

我想说点什么来安慰她,但我能想到的只是——辛普森会很惨。

"去看看格雷夫斯在不在。"我说。她立刻去了。

我俯身检查那张信纸上剪贴的字母,不去碰它。字母的大小和字体各式各样,被贴在光滑的纸面上。很可能是从一本发行量很大的杂志广告上剪贴下来的。文字的拼写者看来好像没什么文化,但很难保证事实一定如此。一些受过良好教育的人往往爱写错字。而且也有可能是故意而为。

当格雷夫斯走进厨房的时候,我已经背下了那封信的内容。塔格特和米兰达跟在他身后鱼贯而入。他快步走向我,目光凝重。

我指着桌子。"这是在信箱里发现的——"

"米兰达告诉我了。"

"投信的有可能是几分钟前在高速上从我身边经过的一辆车里的人。"

格雷夫斯俯身看信,大声地读给自己听。塔格特与米兰达一起站在门口,不太确定是否需要他,但至少他显得很自在。

虽然他俩看似兄妹,但米兰达的气质与塔格特截然相反。她的眼睛下方起了难看的黑眼圈,丰满的嘴唇哀伤地垂在她漂亮整齐的牙齿上。她斜倚在门柱上,神情阴郁。

格雷夫斯抬起头,说:"情况就是这样子。我把警长的副手叫过来。"

"他现在在这里?"

"是的,他在书房里查看那些钱。我去给警长打电话。"

"他有负责取指纹的人吗?"

"地方检察官那边有更好的人。"

"也给他打个电话。他们很聪明,不至于留下直接的指纹。但是可能会有没擦干净的指纹。戴着手套很难做那些剪贴工作。"

"对。现在告诉我你看到的那辆车的情况。"

"现在先不说这个。我来处理那件事。"

"我猜你知道自己在做什么。"

"我知道自己不能做什么。如果可以,我不能让辛普森去死。"

"那正是我所担心的。"他说,然后飞快地走出门,以至于塔格特不得不跳起来给他让路。

我瞟了一眼米兰达。她看起来随时会晕过去。"让她吃点儿东西,塔格特。"

"如果我能做得到的话。"

他穿过厨房朝冰箱走过去。她的目光跟随着他。在这一瞬间我十分恨她。她像一只发情的母狗。

"我吃不下东西,"她说,"你认为他还活着吗?"

"是的。但我以为你不怎么喜欢他。"

"这封信让一切如此真实。以前我不相信这是真的。"

"该死,这是真的!现在我要去躺一会儿。"她走出了房间。

副警长进来了。他三十多岁,大块儿头,肤色黝黑,身穿棕色的便装,衣服的肩膀处不太合身。他脸上带着与其气质不相称的惊讶表情。他的右手摸着腰间的枪,仿佛这样他才不会忘记自己还是有权威的。

他略带挑衅地问:"这儿出了什么事?"

"没什么大事情,绑架勒索。"

"这是什么?"他伸手便去拿桌上的信。我只好抓住他的手腕不让他碰到信。

他迟钝的黑眼睛愤怒地看着我的脸问:"你以为自己是谁?"

"我的名字叫阿彻。冷静,长官。你有证据箱吗?"

"有，在车里。"

"去把它拿来，好吗？我们得把这个给取指纹的人。"

他走出去，一会儿拿回来一个黑色的铁盒子。我把信搁进去，他锁上了箱子。这似乎让他感到很满意。

"好好保管，"当他将盒子夹在腋下准备离开房间时，我说，"不要让箱子离开你的手。"

塔格特站在敞开的冰箱旁，他手拿一根吃了一半的火鸡腿，一边啃一边问："现在我们做什么？"

"你留在这里。你可能会遇到点儿情况。带着枪了吗？"

"当然！"他拍拍自己的夹克口袋。"你认为事情是怎么发生的？你认为他们在辛普森离开伯班克机场时绑架了他？"

"我不知道。哪里有电话？"

"餐具室有一部。从这儿过去。"他推开厨房尽头的一扇门，然后在我身后关上了门。

这是一间狭小的房间，四周摆着碗柜。房间里只有一扇窗户，位于铜制的水池上方。门前的墙上有一部电话。我叫了洛杉矶长途。彼得·科尔顿应该已经下班了，但可能他有留言机。

接线员将电话转接到他的办公室，科尔顿本人接的电话。

"我是卢。这是起绑架案。几分钟前我们收到了匿名信。辛普森的那封信是个骗局，只是为了缓和局面。你最好跟地方检察官谈谈。前天辛普森从伯班克机场离开后的事情可能发生在你的辖区。"

"作为绑架案，绑架者的行动可不怎么快啊。"

"他们可以这么做。他们计划周密。关于那辆黑色轿车，你有什么消息吗？"

"太多了。那天一共租出了十二辆那样的车。但大多数看来都没有问题。只有两辆当天没有被还回租车行。那两辆车被租了一周,已经做了预付款。"

"描述一下那两辆车是什么样子。"

"第一辆车的租车人叫鲁斯·迪克森夫人,金发碧眼,大概四十岁,住在比弗利山酒店。我们去那儿查了,有她的入住登记,但当时她不在酒店。第二辆车的租车人是一名男子,正在去旧金山的路上。他还没有在那边还车,但是他目前才开了两天,他要租一个星期的,他名叫劳伦斯·贝克尔,小个子的瘦男人,穿戴一般——"

"那可能就是我们要找的人。你有车牌号吗?"

"稍等,在这里——'62 S 895'。是一辆一九四二年的林肯。"

"哪家租车行?"

"帕萨迪纳的达拉克斯车行。我要亲自去那儿一趟。"

"尽可能描述清楚,然后公布寻找启示。"

"当然!为什么对这辆车如此感兴趣,卢?"

"我在这边的高速路上看到一个男人,跟你的描述相符。在匿名信被投下的时间段,他开着一辆长型的黑色车从我身边经过。一个长得像他或是他弟弟一样的人,今天早上在太平洋帕利塞兹开一辆蓝色的卡车试图从我身上碾过去。他戴了一顶皮制的鸭舌帽。"

"你为什么没朝他开枪?"

"如果是你,相信你也不会那样做。我们不知道辛普森在哪里,如果我们太冒失,我们将永远也找不到他。现在我们放出话去的目的也只是为了找人。"

"你在告诉我该怎么做我自己的工作。"

"很显然。"

"好吧。还有什么有用的提示?"

"在'疯狂钢琴'营业的时候,安排一个人在那里。以防万一——"

"我已经派人去了。还有什么吗?"

"让你的办公室联系圣特雷莎地方检察官。我要把匿名信交给他们进行指纹检测。晚安,谢谢!"

"嗯。"

他挂了电话。接线员断掉了连接。我把听筒放在耳边,听着里面的忙音。在我们交谈的过程中,线路里曾有咔嗒的响声。这可能是暂时的线路问题,但也可能是有人拿起了某一个分机的听筒。

大概整整一分钟之后,我听到了电话另一端传来微弱的金属摩擦声——屋里某个角落的分机听筒刚刚被放回原位。

18

克罗姆伯格夫人在厨房里和一名厨师在一起。厨师是一个神情激动的女人,白头发,有着肥大的臀部。当我打开餐具室房门时,她们同时跳了起来。

"我刚才在用电话。"我说。

克罗姆伯格夫人勉强挤出一个微笑。"我没有听到你在里面。"

"这屋里有多少部电话?"

"四五部吧,是五部。楼上两部,楼下三部。"

我放弃了检查电话的主意。太多人都可能接触电话。"大家都在哪儿呢?"

"格雷夫斯先生把大家召集在前面的房间里。他想知道有没有人看到过送信的车。"

"有人看到吗?"

"没有。之前我听到车的声音,但我没有多想。经常有车开到这里然后在车道里调头。他们不知道这是条死路。"她靠近我小声问,"信里说了什么,阿彻先生?"

"他们要钱。"我边说边走出了房间。

走廊里又有三个仆人从我身边经过。两个穿着园丁制服的年轻墨西哥人，他们低头排成一列走着。最后一个是费利克斯。我冲他伸出一只手，但是他没有反应。他目光迟钝，像黑色的煤块一样的眼睛闪着光，神色令人难以琢磨。

格雷夫斯蹲在客厅的火炉前用一双夹子翻转着一块木头。

"仆人们都怎么了？"

他咕哝了一声站起来，眼睛瞟向门口说："他们好像知道自己受到了怀疑。"

"我希望他们没有察觉。"

"我没有说任何让他们怀疑的话。他们不知不觉地就感觉到了。我只是问他们有没有看到一辆车。当然我想看到的是他们听到这个时脸上瞬间的表情。"

"你认为是内部人所为，伯特？"

"很明显不全是内部人干的。但不论那封信的事是谁做的，他显然很了解情况。比如，他怎么会知道钱会在九点钟的最后期限前准备好？"他看一眼自己的手表，"从现在算起还有七十分钟。"

"也许只是盲目地认为。"

"也许。"

"我同意你的看法。可能这是一起内外勾结的案子。有人看到那辆车吗？"

"没有。这些墨西哥和菲律宾人的心思很难猜。"他小心翼翼地补充道，"并不是我有任何理由去怀疑那些园丁，或是费利克斯。"

"会不会是辛普森本人所为？"

他讽刺地看着我说："卢，不要故作聪明了。你的直觉一直不怎么样。"

"仅仅是个想法而已。如果辛普森需要支付百分之八十的收入税，上演这出戏的他可以猛赚八万块。"

"我承认可以这样做——"

"有人这样做过。"

"但辛普森如果这样做是不可思议的。"

"别告诉我他为人诚实。"

他拿起夹子，敲打燃烧的木头，火星像一群明亮的黄蜂向上蹿。"按照大家的共识来看，他算不上诚实。但是他没有那样的头脑来想出这样的骗局。这太冒险。此外，他也不需要这钱。他的石油产业估价在五百万，但其就收入而言，它值两千五百万还多。十万美元对于辛普森不过是零钱而已。这确实是起绑架，卢，你不得不承认。"

"我希望是，"我说，"很多绑架案都以谋杀人质收场，因为这最省事。"

"但这个案子不一定，"他低声咆哮，"看在上帝的份儿上，这个案子不会这样！我们会付钱，如果他们不把辛普森交回来，我们就一直追查到底。"

"我同意。"但是说来容易做来难，"谁负责送钱过去？"

"为什么不由你来负责呢？"

"首先，他们可能认得我，而且我有其他的事要做。伯特，由你负责吧。你最好也带上塔格特。"

"我不喜欢他。"

"他是个聪明孩子，而且他不怕枪。如果出了什么事情，你可能需要帮助。"

"不会出任何事情。但如果你这样认为，我会带上他。"

"我是这样认为的。"

克罗姆伯格夫人出现在门厅里，她紧张地扯着罩衫的一角。"格雷夫斯先生?"

"什么事?"

"我希望你能跟米兰达谈谈。我试图给她送些吃的,但是她拒绝开门。她甚至不理我。"

"她不会有事的。我晚些时候会跟她谈。现在先让她自己待一会儿。"

"我不喜欢她这样子。她太情绪化。"

"算了。叫塔格特到书房来见我,好吗?还有,让他带上枪——装好子弹的。"

"好的,先生。"她几乎要落下泪来,但是她抿紧厚嘴唇离开了。

当格雷夫斯从门口转过身来时,我发现她把自己的紧张情绪传染给了他。他的半边脸轻轻抽搐,眼睛看着房间外面的什么东西。

"她很可能感到愧疚。"他对我说,又像是在自言自语。

"为什么感到愧疚?"

"难以描述。我猜大概是因为她一直未能代替她哥哥的位置。她看着那老人的情绪每况愈下,很可能觉得如果她能跟他亲近一些的话,他就不会这么快地堕落。"

"她并不是他的妻子,"我说,"辛普森夫人的反应如何?你看到她了吗?"

"几分钟前我见过她。她对此反应不错。事实上,她在读小说。你可喜欢她的这种反应?"

"我不喜欢。也许她才应该感到愧疚。"

"即使她感到愧疚对米兰达也没什么帮助。米兰达是个奇特的女孩。她很敏感,但是我觉得她并没有意识到这点。她在感情上责任心太重,总想承担超出自己所能承受的东西。"

"你会娶她吗,伯特?"

"如果能的话我会的。"他疲惫地笑,"我不止一次地向她求婚了。她没说过不同意。"

"你能够好好照顾她。她已经够成熟并可以结婚了。"

他沉默地看了我片刻,嘴角仍挂着微笑,但眼睛里闪过一个"别碰她"的警告。"她说你们今天下午在开车的路上谈了很多。"

"我给了她一些父亲般的忠告,"我说,"关于开车不要开得太快。"

"你能做到那样就好。"然后他飞快地改变了话题。"克劳德是个什么样的人?他可能跟绑架有关吗?"

"他什么事都可能干得出来。我一点儿都不相信他。但是我没有任何证据。他声称已经有好几个月没有见过辛普森了。"

淡黄色的汽车雾灯扫过房子的侧面,稍后传来了车门被甩上的声音。"一定是警长来了,"格雷夫斯说,"他可真够慢的。"

警长急匆匆地走进门来,仿佛短跑运动员冲线一般。他是个大块儿头,身穿西装,手拿宽边的农夫帽。像他的着装一样,他的脸也是警察和政客角色的混合。他坚毅的下巴被柔软的嘴唇中和了。他嘴巴微闭,那是一张沉迷于女色、酒精和善于言辞的嘴巴。

他向格雷夫斯伸出手。"我本可以早点儿来的,但是你要我带上汉弗莱斯。"

跟着他不声不响进屋的另一名男子身上穿着燕尾服。"我正在一个聚会上,"他说,"你好吗,伯特?"

格雷夫斯将我介绍给他们。警长名叫斯潘纳。汉弗莱斯是地方检察官,他个子很高,开始秃顶,有着神枪手般清瘦的脸庞和犀利的眼睛。他和格雷夫斯没有互相握手。他们关系很熟不需要这个。在格雷夫斯当地方检察官的时候,汉弗莱斯曾是他的副手。我退后让格雷夫斯与他们交谈。他告诉他们一切他们需要知道的，省略一切他们不需要知道的。

他说完后，警长说："那封信让你朝北开走，那意味着他要从反方向离开，朝洛杉矶的方向。"

"没错，是这个意思。"格雷夫斯说。

"现在如果我们在高速上设置路障，应该可以捉到他。"

"我们不能那样做，"我一字一句地说，"那样的话，我们就可以跟辛普森说再见了。"

"但是如果我们捉住了绑架者，我们可以让他招供——"

"等一下，乔，"汉弗莱斯说，"我们必须假设绑架者不止是一个人。如果我们击倒他们中的一个，其他人就会击倒辛普森。这再明显不过了。"

"信上也是这么说的，"我说，"你看过那封信吗？"

"信在安德鲁斯那儿，"汉弗莱斯说，"他是我们的指纹分析师。"

"如果他发现了什么，你们应该去查联邦调查局的档案。"我感觉到自己的行为并不受欢迎，但是我没有时间采取委婉的措施，而且我也不相信这些三流的警察能胜任他们的工作。我转身面对警长问："你跟洛杉矶县当局联系过吗？"

"还没有。我觉得我应该先评估一下形势。"

"好的，形势就是这样。即使我们按着信的指示去做，辛普森活着回来的几率也不足百分之五十。他肯定能认出至少其中的一个绑架者——那个从伯班克把他接走的人。这对他来说真是太糟了。你所得到的是把一个绑架者关进了监狱，但是辛普森的喉咙被割断，然后躺在某处。你所能做的是打电话通报情况，让格雷夫斯处理这边的事情。"

斯潘纳的脸气得青一块白一块，他嘴巴半张着准备说话。

汉弗莱斯打断了他："他说得有道理，乔。这并不是好的执法措施，但是我们必须妥协。重要的是得保住辛普森的性命。我们现在回城里去如何？"

他站起身，警长跟着他离开了。

"我们能够相信斯潘纳不自我行事吗？"

"我认为可以，"格雷夫斯缓缓地说，"汉弗莱斯会盯着他。"

"汉弗莱斯看起来像是个聪明人。"

"他是最棒的。我跟他一起工作了七年，他从来没出过错。我辞职的时候提拔了他。"他的声音里透着某种遗憾。

"你本应该继续做这个工作的，"我说，"你从中获得很大的满足。"

"但那该死的薪水实在太低了！我干了十年，结果是欠了一屁股债。"他诡秘地看我一眼，"你为什么从长岛军队辞职呢，卢？"

"钱并不是主要的原因。我无法忍受暗地里捣鬼，也不喜欢那套黑暗的政治把戏。不过无论如何，我没有辞职，我是被解雇的。"

"好吧，算你赢了。"他再次瞥一眼手表，时间快到八点三十分了。"该出发了。"

艾伦·塔格特在书房里。他身穿收腰的棕色风雨衣，显得肩膀特别宽。他从口袋里拿出手，他两只手里各有一把枪。格雷夫斯拿过一把，塔格特留下了另一把。那是点三二口径的打靶手枪，有着细长的蓝钢枪吻和精确的准星。

"记住，"为塔格特着想，我说，"不要开枪，除非有人朝你开枪。"

"你不一起来吗？"

"不，"我对格雷夫斯说，"你知道弗莱尔斯路的那个拐角？"

"知道。"

"周围没有藏身的地方?"

"什么都没有。一边是开阔的海滩,另一边是悬崖。"

"我们不必躲藏。你开车先走,我会跟在后面,把车停在高速路上一英里开外的地方。"

"你不想快点儿抓住他吗?"

"那不是我要做的。我只想看他经过。之后我会在城市边界的加油站跟你会面。那是我们最后的机会。"

"好的。"格雷夫斯扭动墙上保险箱的把手。

从市区边界到弗莱尔斯路的高速路是四车道的,延绵一英里的道路位于海边的绝壁之上。中间被一块四周是水泥路肩的草坪所分割。在弗莱尔斯路的交界处,草坪消失了,道路变窄成为三条车道。格雷夫斯的斯图贝克在交界处飞快地调了个头停在了高速路肩上,他没有关车灯。

这是一个开阔的角落,右侧是一排白色的柱子,正适合我们的目的。通往弗莱尔斯的入口是断崖边上的一个灰黑色的洞。视线之内看不到任何房子或树。高速路上车迹罕至。

仪表盘上显示的时间是八点五十分。我冲塔格特和格雷夫斯挥手,然后开车越过了他们。根据我的里程表显示,在抵达下一条旁路之前,我开了十分之七英里。过了这条旁路二百码的前方,高速路右侧海滩的上方修建了一片供观光者停车的空地。我驶入空地,车头朝南停下来,然后关闭了车灯。时间是差七分钟九点。如果一切正常,收款车将在十分钟后经过。

车停下来后,海滩上升起的雾气逐渐笼罩过来,仿佛是虚幻的灰色海浪。几对车灯在雾中穿过向北开去,如深海中鱼的眼睛。护栏下的大海在黑暗中喘息呼啸着。九点零二分时,弗莱尔斯路方向的拐角处有一对明亮的车灯呼啸而来。

疾驰的车子在就要到达我跟前时突然转弯，驶入左侧的旁路。我无法看到车的颜色和形状，但是我能听到车轮摩擦的声音。司机的驾驶技术看起来似曾相识。

我关着车灯，沿着高速路肩向那条旁路开去。在我抵达之前，我听到了三记被雾阻隔和冲淡的响声——如死神哭泣般的刹车、射击、发动机提速的声音。

旁路的一侧有弥漫的白光。我在离路口几英里的地方停了车。旁路上驶出了另一辆车，在我面前左转向洛杉矶方向驶去。那是一辆长鼻的米色敞篷跑车。车窗模糊，我看不到司机的脸，但是我看到一个女人深色的头发。我不便去追那辆车，而且也没办法去追。

我打开雾灯驶入了旁路。离高速路几百码的地方，一辆车两个轮子掉在沟里停在路边。我在它后面停了车，手里拿着枪下了车。那是一辆黑色的轿车，是战前定制款的林肯。车子的引擎在空转着，车灯还亮着。车牌号码是"62 S 895"。我右手拿枪，左手打开车前门。

一个小个子的男子向我倒来，他呆滞的眼睛望向迷雾里。在他倒出车前我接住了他。二十四个小时以来，我一直感到死神的不断靠近。

19

他仍然戴着那顶皮制鸭舌帽。帽子歪戴在他左侧的脑袋上。他左耳上方的帽子上有一个圆洞，左脸满是烧焦的黑色伤痕。他的脑袋由于子弹强大的冲击力而歪向一侧，我试图将他推直，但他的脑袋又滚向另一边的肩膀。他的双手从方向盘上滑下来，垂到身体的两侧，手上的指甲乌黑。

我用一只手把他固定在座位上，另一只手搜查他所有的口袋。他防风夹克的侧面口袋里有一个闻起来有汽油味道的防风打火机，一个廉价的木质烟盒，里面有半盒棕色麦草纸卷的香烟，还有一把四英寸长的弹簧刀。他的李维斯牛仔裤的屁股口袋里有一个破旧的鲨鱼皮钱包，里面有十八到二十美元的小额钞票。一个近期签发的加州驾照，驾驶员名叫劳伦斯·贝克尔。驾照上的地址是洛杉矶斯吉德街道边上的一个廉价旅店。这不可能是他的地址，劳伦斯·贝克尔也不可能是他的名字。

李维斯牛仔裤左侧口袋里有一把装在人造革套子里的脏梳子。另一个口袋里有很沉的一大串车钥匙——各式各样的车钥匙，从雪弗兰到凯迪拉克，还有一本旧书，书名是《街角的纪念品，鸡尾酒和牛排，纳维斯塔以南的一〇一高速公路》。他的防风夹克下只穿了一件 T 恤。

汽车仪表盘上方的烟灰缸里有几个大麻烟的烟蒂,但除此之外,整个车非常干净。搁物箱里连张注册卡片都没有,更不用说十万美元小额面值的钞票了。

我把物品放回他的口袋,将他靠在椅子上,甩上车门以防他滚落出来。上车之前,我又回头看了他一眼。林肯的车灯依然亮着,空转的引擎照旧从排气管里持续地释放着水蒸气。方向盘前死去的男子看似好像正准备开始一段目的地是另一个城市的长途行程。

格雷夫斯的斯图贝克停在加油站的油泵边。格雷夫斯和塔格特站在一边,看到我开近他们跑上前来。两人脸色苍白但透着兴奋。

"那是一辆黑色轿车,"格雷夫斯说,"我们缓慢地走开,看到他停在角落。我看不见他的脸,但是他戴了一顶帽子,身穿皮风衣。"

"他现在还是那身打扮。"

"你看到他经过了?"塔格特的声音紧张得如同耳语。

"在遇到我之前他驶出了高速。他现在正在旁边的一条路上坐在车里,脑袋里有一颗子弹。"

"天啊!"格雷夫斯叫道,"你没有朝他开枪吧,卢?"

"是别人开的枪。枪响之后约一分钟,一辆米色的敞篷车从那条旁路上开了出来。我认为开车的是个女人。她朝洛杉矶开去了。你确认他拿走了钱?"

"我看着他捡起来的。"

"钱现在不在他那儿了。这意味着可能是两种情况之一:打劫或被同伴出卖。如果他被打劫,那么他的同伴就拿不到那十万美元;如果是同伴出卖,那么他们也会出卖我们。无论哪种情况,对辛普森来说都不是好消息。"

"现在我们该怎么办?"塔格特问。

格雷夫斯回答他:"我们不能再隐瞒真相。让警方悬赏追查。我去跟辛普森夫人商量。"

"注意,伯特,"我说,"我们必须低调处理开枪事件,至少不要见报。如果是他人打劫的话,绑架者的同伙会怪罪于我们,那么辛普森就完了。"

"这帮浑蛋!"格雷夫斯的声音低沉阴郁,"我们必须立场强硬。如果让我抓到他们的话——"

"你没办法做到。我们有的只是躺在租来车子里的一个死人。你最好先去找警长。他做不了什么事,但这会是个好的姿态。然后通知高速巡警和联邦调查局。能动员的人越多越好。"

我放开了紧急制动让车子向前滑动了几英寸。格雷夫斯从窗前退后了几步,问:"你要去哪儿?"

"去做一件可能是徒劳无获的事情。辛普森的情况很不妙,而我也很可能是同样的下场。"

我沿着高速开了五十英里到达纳维斯塔。高速路在此变宽了两倍,成为镇子的主街道,两旁排列着汽车旅馆、客栈和三个剧院门脸,它们的灯光照亮了街道。其中的两个剧院门脸上打着墨西哥电影的广告。罐头厂关闭后,墨西哥人以种地为生,而镇里其他人的生活则仰仗墨西哥人和渔船船队。

我在镇子中央的一个雪茄店前停下来。这家店的业务已经远远超出了卖雪茄——枪支、杂志、渔具、生啤酒、文具、棒球手套、避孕药和雪茄,一应俱全。约二十来个留着油腻的鸭尾巴式样发型的墨西哥男孩在店里进进出出。一部分人被店后面的游戏机所吸引,一部分跑去看街上的女孩。女孩们浓妆艳抹，着装暴露，在街上引起一阵骚动。男孩们有的吹口哨，有的装酷，还有的装出一副不感兴趣的样子。

我将一个男孩叫到路边问他"角落"在哪里。他跟另一个墨西哥同伴商量了一下，两人一起指着南边。

"直走大约五英里，在通向白滩的道路上。"

"那儿有一个红色的大牌子，"另一个男孩说，他兴奋地用双手比画着，"你不会错过的。"

我谢了他们。他们弯腰微笑并且点头致意，倒像是我帮了他们的忙。

"角落"红色的霓虹灯位于高速右侧一座低长建筑的房顶上。建筑后方的岔路口上一个黑白路标指向"白滩"。我在建筑物旁边的柏油停车场停下车子。停车场里还有八九辆车子。一辆拖车停在高速路的路肩上。透过半遮的窗子，我看到几对情侣坐在桌前，还有几对在跳舞。

我走进去，左侧是一个空无一人的酒吧。右侧是餐厅和舞池。我站在入口处装作找人。房间太大，舞池里的人很少，气氛冷清。舞曲是从自动唱机里传出来的。房间的后部有一个空荡荡的乐队舞台。这里呈现的是黏脚的地板、摇晃的桌子、宿醉的味道，还有破旧的装修。

顾客们感觉到房间里的压抑。他们的脸极力寻求着笑容和欢乐，但却找不到感觉，所有人脸上都是空洞的表情。

房间里唯一的女招待向我走过来。她有着深色的眼睛、柔软的嘴唇和姣好的身材。她看去约莫二十岁的样子。你可以从她的脸和身体读到她全部的历史。她小心翼翼地走着，仿佛脚痛的样子。

"您要一张桌子吗，先生？"

"谢谢，我想坐在吧台前。或许你能帮个忙，我在找一个在棒球场上认识的男子。我还没有看到他。"

"他叫什么名字？"

"问题是我不知道他的名字。我跟他打赌欠了他的钱，他说会在这儿见我。他是个小个子，约三十五岁，穿了一件皮风衣，戴了一顶皮制鸭舌帽。蓝眼睛，鹰钩鼻。"脑袋上还有一个窟窿，我心说。

"我想我知道你说的这个人，他好像叫埃迪什么的。有时他会过来喝一杯，但是今晚他不在。"

"他说会在这儿跟我见面。通常他什么时候过来？"

"晚些时候——大约午夜前后。他开一辆卡车，对不对？"

"对，蓝色的。"

"就是那辆，"她说，"我在停车场见过。几天前的晚上他来过，用我们的电话打了一个长途，那是三天前。老板不高兴——因为电话超过三分钟后，你就不知道应该收多少钱了。但是埃迪说是对方付费，所以老板就让他走了。你到底欠他多少钱？"

"很多。你知不知道他往哪儿打的电话？"

"不知道。那毕竟不关我的事。与你有关系吗？"

"我只是想跟他取得联系，然后我就可以把钱给他。"

"如果愿意，你可以把钱留给老板。"

"他在哪里？"

"他叫西科，在吧台后面。"

坐在桌前的一个男子举杯向她示意，她小心翼翼地走过去。我走进酒吧。

酒保长着一张瘦长的脸，他头发微秃，下巴松弛。在空荡荡的吧台前站了一晚上，这让他的脸更长了。"你要喝什么？"

"一杯啤酒。"

他的下巴又拉长了一寸。"东部的还是西部的？"

"东部的。"

"三十五美分，包括音乐。"他的下巴缩回了一些，"我们提供音乐。"

"我可以要个三明治吗？"

"当然，"他近乎是欢快地说，"要什么样的？"

"培根加鸡蛋。"

"好的。"他透过敞开的门向女招待示意。

"我在找一个叫埃迪的男子，"我说，"几天前他给我打过长途电话。"

"你从拉斯维加斯过来。"

"刚从那边过来。"

"那边生意怎样？"

"不太好。"

"太糟了，"他愉快地说，"你找他干什么？"

"我欠他钱。他住这附近吗？"

"对，我想是的。但我不知道在哪里。他跟一个年长的金发女子来过一两次，可能是他的太太。今晚他也许会来。你待在这儿别走。"

"谢谢。我会的。"

我拿着啤酒坐到窗前的一张桌子前。从那里我能看到停车场和主入口。一会儿，女招待端来了我的三明治。我付了钱，但她还不愿离开。

"你要把钱留给老板吗？"

"我再想一想。我要确定他能拿到钱。"

"你很诚实,不是吗?"

"你知道打赌输了不付钱的下场吗?"

"我感觉你是个赌徒。"她突然急切地朝我俯身过来,"听着,我有个女朋友,她跟一个训练骑师约会。她说训练骑师说明天三道的'厄运'肯定赢。你会赌它赢第一名还是前三名?"

"省着你的钱吧,"我说,"你斗不过他们。"

"我只赌有把握的。这个男孩——我女朋友的男朋友,说'厄运'肯定赢。"

"算了吧。"

她怀疑地抿起嘴巴。"你是个奇怪的赌徒。"

"好吧,"我递给她两美元,"去赌'厄运'会赢吧。"

她惊讶地看着我说:"唉,谢谢先生,但是我不是在向你要钱。"

"这总比输你自己的钱要好些。"我说。

我有十二个小时没吃东西了,三明治的味道尝起来不错。在我吃着的过程中,陆续来了几辆车。一伙年轻人说笑着进来,酒吧的生意一下子好起来。然后一辆黑色的轿车驶进停车场。那是一辆黑色的福特轿车,挡风玻璃旁红色的探照灯像一个疼痛肿胀的大拇指。

从车里出来的人身穿像棒球裁判制服一样的便装,右侧屁股上方有枪支磨出的褶皱。当他来到入口处的灯光下时,我看到了他的脸。他是圣特雷莎的那位副警长。我飞快地起身出门来到酒吧尽头的男卫生间,锁上了门。我放下马桶盖坐在上面开始反思,我考虑不够周全。我不该将那本地址簿留在埃迪的口袋里。

我用了十来分钟盯着卫生间的灰泥墙壁,阅读上面的涂鸦。"穷汉约翰,拉丁人,一百二十米跨栏冠军,迪尔伯恩高中,密西根迪尔伯恩市，一九四六年""富兰克林·P.施耐德，俄克拉荷马奥色治郡。谢谢你，又聋又哑的人。"墙上其余的则是卫生间常见的涂鸦，配着粗糙的线条画。

房顶上光秃秃的灯泡照着我的眼睛，我头一晕，坐在那里睡着了。一个长长的走廊一样的房间倾斜着通向地下。我沿着它走向城市地下的一条肮脏河流。没有回头路可走，我必须蹚过那条充斥着粪便的河流。好在我脚上踩着高跷，身上裹着玻璃纸，这让我得以不受污染地涉水而过，来到河对岸。我扔掉了兼做拐杖的高跷，登上镀铬的电梯，那电梯闪闪发光，好像地狱的模样。电梯缓慢而平稳地上升，带着我穿越层层罪恶，在一个玫瑰花环绕的门前停下来。一个身穿条纹棉布制服的女佣为我开门，嘴里唱着"家，甜蜜的家"。

我走进一个石头地面的广场，门在我身后咣当一声关上了。那是城市的中心广场，但是广场上只有我一个人。天色已晚，街上一辆车都没有。一束孤独的黄光照在被踩得光滑的人行道上。我走动时听得到自己脚步声的孤独回音。四周房子的轮廓如同风暴将至前的森林。门又咣当作响了一声，我睁开了眼睛。

一个金属物体在敲击着卫生间的门。

"开门，"副警长说，"我知道你在里面。"

我滑开门闩把门一下子拉开，问："你很急吗，警官？"

"原来是你。我猜可能就是你。"他的黑眼睛和厚嘴唇透着得意。他手里拿着一支枪。

"我可早知道就是你，"我说，"但我认为没有必要如此高调宣布。"

"也许你有自己的理由保持沉默，对不对？也许你有理由在我进来的时候躲在这里。警长认为这案子是内部人干的，他会希望知道你在这里做什么。"

"就是这个人,"酒保在他耳边说,"他说埃迪给他往拉斯维加斯打过电话。"

"你对此作何反应?"副警长喝问我。他在我面前晃动着枪。

"进来关上门。"

"是吗?把你的双手放在头上。"

"我可不会那样做。"

"把双手放在头上。"他用枪指着我的心口。"你身上带着枪?"他开始用另一只手搜我的身。

我退后一步躲开他。"我带着枪,但不能给你。"

他又向我走过来。门在他身后关上了。"你知道自己在做什么吗?阻碍警官执法。我很想拘捕你。"

"你好像很有胆子。"

"浑蛋,少开玩笑。我只想知道你在这里做什么?"

"我只是在好好享受。"

"你不肯交代是吗?"他说,样子很像漫画里的警察。他举起不拿枪的那只手向我扇过来。

"住手,"我说,"别碰我一个指头。"

"为什么不能呢?"

"因为我从来不喜欢杀警察。这会成为我的污点。"

我们四目相对地僵持着。他举起的手停在空中,然后渐渐放了下来。

"把枪拿开,"我说,"我不喜欢被威胁。"

"没有人问你喜欢什么。"他说,但是他的怒火已消。他黑色的脸上是愤怒、疑问、猜疑与迷惑的复杂表情。

"我来这儿的目的跟您一样,警官。"这样说并不容易,但我努力说了出来。"我在埃迪的口袋里发现了一本地址簿——"

"你怎么知道他的名字？"他警觉地说。

"那个女招待告诉我的。"

"是吗？酒保说他给你往拉斯维加斯打过电话？"

"我在骗那个酒保。明白吗？那是个骗局。我在骗他。"

"那么你发现了什么？"

"死者的名字叫埃迪，他开了一辆卡车。他有时来这儿喝一杯。三天前他在这里往拉斯维加斯打过电话，而三天前辛普森在拉斯维加斯。"

"你不是在开玩笑？"

"我不会跟您开玩笑的，警官，就算我能做得到。"

"天啊，"他说，"一切都对上了，不是吗？"

"我从来没发觉啊，"我说，"谢谢您给我指出来。"

他瞪了我一眼，然后收起了枪。

20

我沿着高速公路开了半英里后，调头往回走，将车斜停在"角落"对面的十字路口处。副警长的车依然泊在停车场里。

雾渐渐地淡去，在天空中如牛奶融入水里，随风飘向海的方向。逐渐开阔的地平线提醒我，辛普森的下落仍没有消息。他可能饿死在山里的某个小木屋中，可能沉尸海中，也可能像埃迪一样，脑袋挨了枪子儿。客栈旁路上的车流通往四面八方，有的回家，有的奔向明亮的前程。后视镜里我的脸像鬼一样苍白，好像沾上了埃迪的阴魂。我的眼睛下起了一圈圈皱纹，我需要刮胡子了。

从南面驶来一辆卡车缓慢地从我身边经过。他拐进了"角落"的停车场。卡车是蓝色的，有封闭的车厢。一名男子从驾驶室里跳下来，慢吞吞地走过沥青路面。他这种缓慢的走路方式我见过。当他走到入口处灯光下时，我意识到这张脸我也见过——一个野蛮的雕刻家用石头刻出了这张脸，然后用另一块石头给了它猛烈一击。

看到那辆黑色的警车，他猛然停住了脚步。他转身跑回蓝色卡车。伴随着刺耳的换挡声，卡车倒着开出去，上了通往白滩的道路。当车的尾灯缩小成为一个小红点的时候，我跟上了它。道路从黑色地面，变为碎石路，最后成为沙子路。有两英里的路程，我都在吃着他扬起的尘土。

道路在两个断崖之间向下延伸到通往海滩的地方，与另一条路交汇了。卡车的车灯显示车将左转，然后开始爬坡。当车灯升上高处，消失在视线外时，我开始继续跟随。这是一条单车道的路，修建在山腰上。从山顶上，我能看到我右侧下方的大海。穿行在云中的月亮朝着海的方向飘移。月光落在黑色的海面上，像铅箔一样反着光。

山势在前方变得平坦，道路也笔直起来。我熄了车灯并慢慢地开着。不知不觉中，我已经和卡车并驾齐驱了。卡车停在路边五十码处的一条道上，没有亮车灯。我继续向前。

行驶了约四分之一英里，道路在山脚下突然终止了。一条车道蜿蜒通向右侧大海的方向，但它的入口被一个木门封闭了。我将车停在道路尽头，然后徒步向山上走去。

在卡车停车的路边有一排桉树，在夜空下显得阴森可怖。我离开道路，让自己隐藏在桉树后面。路面不平，上面间或分布着一块块野草，我脚下不停地磕磕绊绊。忽然，前方豁然开朗，我几乎失足跌下悬崖。在远远的下方，白色的海浪拍打着沙滩。大海近得可以让人一头跳下去，但海面看起来硬得像金属。

在我的右下方有一片白色的灯光。我爬上山坡，然后沿着山势一边往下溜，一边抓着坡上的草以防跌落。光芒中逐渐现出一所房子的轮廓，那是一座白色的小屋，建在悬崖边的角落里。

没有任何遮拦的窗子让我对那间单人房的内部一览无余。我摸了一下枪套里的枪，然后匍匐着向窗子靠近。房间里有两个人，但都不是辛普森。

帕德勒坐在一把用油桶改成的椅子里，他颓废的身体侧朝着我的方向，手里握着一瓶啤酒。他正对着靠墙的一张单人床，乱糟糟的床上有一个女人。光秃秃的天花板上有一盏汽油灯吊在木橡上，白色的灯光直射在她的脸上和一缕缕金色的头发上。那是一张清瘦而饱受沧桑的脸。她鼻孔宽大、嘴唇干燥，只有一双冰冷的棕色眼睛里透出活力，虽然眼角已有皱纹，但是目光犀利。我侧头躲开他们的视线范围。

房间不大，但看起来很空。光滑而肮脏的松木地板上没有铺地毯。灯光下一张木桌子上堆放着脏盘子。桌子的远处靠墙有一个两个灶眼的煤油炉、破旧的冰箱和一个锈迹斑斑的水池，下面放着一个锡桶，用来盛接漏下来的水。

房间里非常安静，墙板很薄，我连油灯燃烧的声音都听得到。我听见帕德勒说："我不能整晚都在这里等，对不对？你别指望我整晚等在这里。我回去有工作要做。我不喜欢'角落'，因为有警车停在那里。"

"这你已经说过了。警车并不意味着什么。"

"我还是要再说一遍。你知道我现在应该回到'疯狂钢琴'去了。埃迪没有出现，特洛伊先生很生气。"

"让他气得中风最好，"那女子的声音小而犀利，和她的脸给人的感觉一样。"如果他不喜欢埃迪做事的方式，他可以坚持他的看法。"

"你不应该这样说。"帕德勒左右打量着房间，"当初埃迪逃出来，在这里找工作时你可不是这样说的。当他逃到这里，赖在这里讨工作，特洛伊先生给了他一份工作——"

"老天！你能不能不要翻来覆去地说这几句话，傻瓜？"

他满是伤疤的脸上露出受伤的惊讶表情。他缩起脑袋，粗脖子上层层迭起的肉如同乌龟的脖颈。"你不应该这样说，玛茜。"

"你闭嘴,不要再说什么埃迪从哪里逃出来之类的事情。"她的声音像刀刃一样犀利,"你自己蹲了多少回牢了,傻瓜?"

他愤怒地吼道:"听着,不要再说我的事情。"

"好的,那你也不要再提埃迪。"

"埃迪到底在哪里?"

"我不知道埃迪在哪儿,也不知道为什么没有他的消息,但我相信他一定有他的理由。"

"他最好有个好的理由去跟特洛伊先生讲。"

"特洛伊先生,特洛伊先生!他把你催眠了是不是?也许埃迪不会跟特洛伊先生讲什么。"

他的小眼睛注视着她,努力解读她脸上的表情。最后他放弃了。"听着,玛茜,"他停了一下说,"你可以开那辆卡车。"

"你说得可真好!我不想跟这场闹剧扯上任何关系。"

"这对我足够了,对埃迪也足够了。自从埃迪将你从街上带回来后,你穿的裤子越来越漂亮了——"

"住嘴,不然你会后悔的!"她说,"你的问题是你太胆小了。一看到巡警,你就吓得尿了裤子。所以你竭力让一个女人来替你做该你做的事情,就像拉皮条的一样。"

他突然站起来,挥舞手中的酒瓶。"不要再谈论我,听见了吗?我从来不占别人的便宜。如果你是个男人,我会打花你的脸,你听到了吗?"啤酒泛起泡沫,溅到地板和她的膝盖上。

她冷静地回应道:"你不会在埃迪面前那样说,因为他会把你锯成碎片,你很清楚这一点。"

"那只小猴子!"

"对,他是只小猴子!帕德勒,坐下吧。每个人都知道你很厉害。

我再给你拿杯啤酒。"

她起身穿过房间，脚步矫健，如同一只饥饿的猫。她从水池旁的钉子上拿下一条手巾，轻拍被啤酒沾湿的浴袍。

"你开那辆卡车吗？"帕德勒仍心存侥幸。

"我必须像你一样重复我说的每句话吗？我不会去开那辆卡车，如果你害怕的话，找他们中的一个去开吧。"

"不，我不能那样做。他们不认识路。他们会半途而废的。"

"你是在浪费时间。"

"我猜是吧。"他略带犹豫地向她靠近，在地上和墙上投下巨大的影子。"在我走之前我们庆祝一下如何？埃迪可能正跟某个人在一起呢。我可一点儿都不差。"

她从桌上拾起一把带锯齿的面包刀。"走开，帕德勒。不然我就拿这个把你给切了。"

"算了，玛茜。我们在一起会很好。"他站在那里，与她保持距离。

她咽下一口气来控制升起的怒火，但是她的声音如同尖叫："走开！"面包刀寒光闪烁，指向他的喉咙。

"好吧，玛茜。你不必生气。"他耸耸肩转身走开，如同一个受伤的情人。

我离开窗户向山上走去。在我到达山顶之前，门忽地一下敞开了，一束椭圆形的光束照射在山坡上。我的手和膝盖一下子僵在那里。我可以看到面前干草地上自己脑袋的影子。

门关上了，我又被黑暗笼罩了。帕德勒的影子从屋子的阴影下走出来。他走上陡峭的车道，双脚摩擦着尘土，消失在桉树丛中。

我必须在他和那个金发女人之间做出选择。我选择了帕德勒。玛茜可以等。在埃迪回来之前她会一直等下去。

21

蓝色的卡车在纳维斯塔以北几英里处右转驶离了高速路。我停下车等它开远。路口的指示牌上写着"观景台路"。驶上这条路之前,我打开了雾灯。雾气已经被吹到海上,但是我不想让帕德勒看到一路上他身后跟着的是同一辆车。

一路上车速都在接近七十英里。两个小时都是崎岖的山路。有一段路大约五英里都在高高的山脊上,以至于我的双耳作痛。这段路比我以往任何时候在白天开过的路都要艰险——两条车辙的侧下方是黑色的悬崖,每拐一个弯,等待你的可能就是永恒的黑暗。卡车飞驰着仿佛行驶在安全轨道上。我等它远离视线后,再次打开车灯,重新适应着驾驶。

我们从一条不同的路回到了下午我跟米兰达穿过的山谷。在山谷的直路上,我熄灭了车灯,凭着月光和记忆前行。虽然我知道卡车要去哪里,但我必须十分小心。

在山谷的另一侧,卡车开始沿着蜿蜒的黑色路面爬山。那条路通往云端的神殿。我必须再次开灯来跟随它。当我到达克劳德的邮箱时,它旁边的木门已经关上了。卡车在我上方很远处的山上爬升,像一只萤火虫。更高的上方,参差不齐的黑色地平线上是洒满星斗的晴朗夜空。清晰的月亮被群星环绕，一动不动地挂在空中，仿佛夜空中一个明亮的窟窿。

我厌倦了等待，厌倦了在漆黑的路上跟踪别人，却总也看不到他们的脸。据我所知，他们只有两个人——帕德勒和克劳德。我有枪，还占着"出其不意"的优势。

我打开门将车开过去，上了蜿蜒的车道，来到山顶平台的边缘，然后朝下面的神殿开去。在白色的建筑之上，有微弱的灯光从房间里透出来。卡车停在敞开的铁丝门内，后车门敞开着。我在门口停车走下来。

卡车里一片狼藉，一张木凳子的两端堆着麻袋，还有男人衣物上汗液干燥后的刺鼻味道。除此之外，车厢里没有别的东西。

神殿的铁门嘎吱一声开了。克劳德走了出来，月光下的身影如同罗马长老会议员。他的凉鞋在碎石路上咯吱作响。"谁在那里？"他问。

"阿彻。记得我吗？"

我从卡车的后面走出来，让他看到我。他手里拿着一盏电灯笼，灯光落在我的枪上。

"你在这里做什么？"他的胡子颤动着，但是他的声音很冷静。

"我还在找辛普森。"我说。

我向他靠近，他朝门的方向后退。"你知道他不在这里。一次冒渎对你来说还不够吗？"

"省省你的废话吧，克劳德。难道还有人相信你的话？"

"如果你一定要进来，那就请进吧，"他说，"看来你是一定要进来的。"

他替我扶着门，然后在我身后关了门。帕德勒站在院子的中央。

"过去跟帕德勒站在一起。"我对克劳德说。

但是帕德勒朝着我缓缓地跑了过来。我对着他的脚开了一枪，子弹在他面前的石头上划出一道白色的印记后呼啸着飞向院子另一边的砖墙。帕德勒站住了看着我。

克劳德信心不足地尝试着要夺下我的枪。我用胳膊肘击他的腹部，他蜷缩着倒在路旁。

"过来，"我冲着帕德勒说，"我有话跟你讲。"

他站在原地不动。克劳德站起来，双臂抱着身体，嘴里大声地嚷着我听不懂的西班牙方言。院子另一侧的一扇门忽地打开了，仿佛它听得懂西班牙语。十几个人走了出来。他们个头矮小，棕色皮肤，向我快速地靠近。他们的牙齿在月光下闪烁，不发一言地走近我。我感到害怕，或许还有其他的什么原因，我没有开枪。棕色皮肤的男人们看着我的枪，但并不停止脚步。

我持枪观望着。前两个人被我打破了脑袋。然后其他人一窝蜂地向我扑上来，他们拽住我的胳膊，踢我的腿，最后我被打晕了。我的意识像汽车的尾灯，逐渐消失在黑色的大山里。

我挣扎着醒过来。我的胳膊被捆了起来，嘴巴生疼地啃着地面。过了一会儿，我意识到我是在跟自己挣扎。我的胳膊被反绑在身后，双腿和手腕被捆在一起。我能做的只是晃动一下身子，用脑袋去碰地面。我决定还是省省力气。

我试着呼喊。但头骨如同鼓皮一样震动。除了轰鸣声外，我听不到自己的声音，于是我放弃了。那轰鸣在我脑袋里继续着，越来越响，直到变成一种令我无法承受的无声的尖叫。然后我感到了真实的疼痛，以二分音的节拍击打着我的太阳穴，好像挖井工人的楔子。我很感激有人来打扰我,即使是克劳德。

"神灵非常愤怒,"他在我身后的上方说,"你亵渎了他的神殿,不可能免受惩罚。"

"你少胡说八道了,"我对着地面说,"你将面临两起,而不是一起绑架案的指控。"

"这是不公正的指控,阿彻先生。"他的舌头抵着上腭发出咯咯的声响。我使劲扭转脖子,看到在我脑袋不远处的地面上,他粗糙的脚从凉鞋里露出来。

"你错误地解读了形势。"他说,他的措辞变得丰富。"你以武力侵犯了我们的寓所,对我进行攻击,还袭击了我的朋友和弟子——"

我尝试着发出不畅快的笑声,我成功了。"帕德勒也是你的弟子之一吗?他看起来是非常虔诚的类型。"

"听我说,阿彻先生。我们完全能够以正当自卫的名义杀了你。你的性命是我们赐给你的。"

"你为什么不爬上烟囱,骑着驯鹿离开呢?"

"你还没有认识到事态的严重性——"

"我认识到你是个浑身散发着恶臭的老骗子。"我试图用一种含蓄的方式来污蔑他,但是我的思维不够清楚。

他的脚跟踩在我身体的一侧,正好在腰的位置。我张开嘴,我的牙齿啃着地面,没有发出声音。

"好好想想吧。"他说。

灯光消失了,传来了砰的关门声。我的脑袋和身体悸动着,我痛得眼冒金星。那疼痛先是隐隐的,然后变得剧烈,直到钻心般无法忍耐。

在半梦半醒之间,我的头脑中充斥着各种超现实的影像:一些我所见过的最丑陋的脸、最邪恶的街道。我来到城市中央空旷的广场。人影幢幢的窗子后隐藏着死亡的阴影。一个年老的妓女，脸上厚厚的妆容无法掩盖满脸的病容。一张脸俯视着我，它瞬息万变：米兰达年轻的面庞长出了灰白的头发，克劳德的嘴唇消失了，变成费伊的微笑，费伊的脸退去，只留下大大的深色眼睛长在一个菲律宾人的脸上，这张脸很快地苍老，变成了特洛伊的满头银发。埃迪死去时明亮的目光一次次回来，那些墨西哥人的面孔也不断地重复着，每个人都长着一样的脸，有着平直的黑眼睛、亮闪闪的牙齿，他们嘴角下垂，露出愤怒恐惧的微笑。我的胳膊被绳子绑在身后，脚跟紧紧地贴着屁股，我渐渐睡了过去，尽管很不舒服。

照在我眼皮上的光将我带到一个封闭的红色世界。我听到上方有一个声音，但我依旧闭着眼睛。那是特洛伊发出的咕噜声。

"克劳德，你犯了一个严重的错误。我认识这个家伙。你为什么不告诉我他早先来过一次了？"

"我不知道这很重要。他只是在找辛普森。那时辛普森的女儿和他在一起。"克劳德第一次这样自然地说话。他的声音不再故作姿态，转而升了八度，他听起来像个受了惊吓的女人。

"你不知道这很重要？让我来告诉你这对你有多重要。这意味着你已经不再有用了。你可以带上你棕色皮肤的小情妇从这儿离开了。"

"这是我的地方！辛普森说我可以住在这里。你不能命令我离开。"

"我刚刚已经这样做了，克劳德。你已经把自己的工作给搞砸了，也就是说你完了。也许整个事件都已经完了。我们将撤出神殿，我们不会把你留在这里做诱饵。"

"但是要我去哪里呢？我能做什么？"

"再开一个门脸教堂。回到高尔峡谷去。我才不关心你能做什么。"

"费伊不会喜欢这样。"克劳德犹豫地说。

"我不会去咨询她的意见。你不要再跟我争执了,否则我会把你交给帕德勒,让你跟他去争辩。我不想那样做,因为我还有个工作给你。"

"是什么工作?"克劳德努力做出很迫切的样子。

"你可以完成这车货物的运送。我不确信你还有能力做这件事,但是我得冒这个险。无论如何,这是你自己的冒险。农场的工头将在东南入口处与你会面,给你安全指示。你知道东南入口在哪里吗?"

"知道。就在高速路边上。"

"很好。卸货以后,将卡车开回贝克尔斯菲尔德然后将车丢掉。不要试图将车卖了。将它留在停车场然后离开。我可以信任你能胜任这个工作吗?"

"是的,特洛伊先生。但是我没有钱。"

"这是一百美元。"

"就一百美元?"

"有一百美元你已经够幸运了,克劳德。你现在就开始工作吧。告诉帕德勒吃完饭后来见我。"

"你不会让他伤害我吧,特洛伊先生?"

"别傻了。我不会让他动一根你脏乎乎的头发。"

克劳德穿着凉鞋,迈着脚拖拖拉拉地走了。但这次我没有再晕过去,我感到捆着我手腕的绳子被扯动了一下。虽然我的双手和前臂都麻木了,但是我能感到肩膀上的拉力。

"住手!"我的下巴不停地颤抖着,我必须咬牙阻止它。

"你一会儿就会完全好起来。"特洛伊说,"他们居然像捆一只鸟一样把你给捆起来了。"

我听到刀子割断纤维的声音，然后我感到胳膊和腿上的压力被释放了，它们像几条木头一样砰地掉在地上。一阵令人毛骨悚然的寒战蔓延到我的背部和颈部，让我一惊。

"站起来吧，老兄。"

"我喜欢待在这里。"我的胳膊和腿逐渐恢复知觉，像慢火炙烤一样作痛。

"你一定不能向那些生气的人低头，阿彻先生。我曾经提醒过你小心我的同伴。如果他们用暴力对待你，那是你罪有应得。也许我可以说你做事情的方式实在不同寻常。在凌晨时分，来到这高山顶上，手拿一把枪闯到一堆可能比你要活得长得多的人之中。"

我躺在地上，移动着胳膊和双腿。血液现在慢慢地流过身体，好像粗糙滚烫的绳子。特洛伊飞快地退后两步。

"我手里的枪正瞄着你的后脑勺，阿彻先生。但是，如果办得到的话，你可以慢慢地站起来。"

我移动身下的胳膊和双腿强迫自己的身体离开地面。房间在我眼前旋转，最终定格下来。这是神殿院子旁边的一间空房子。在一面墙旁的凳子上放着一盏电灯。特洛伊站在灯旁，如常的干净整洁，手里握着的还是那把镀镍的枪。

"昨晚我相信了你，"他说，"但你让我很失望。"

"我只是在工作。"

"但这可妨碍了我的工作。"说话时,他有节奏地舞动着手中的枪，"老兄，你到底是做什么工作的？"

"我在找辛普森？"

"辛普森失踪了吗？"

我盯着他冷漠的脸，努力判断他知道多少。他面无表情。

"特洛伊，我讨厌夸大其词的问题。特别是重复做同一件事，因为对你来说不会多得到什么。如果你放我走的话，我会报答你的。"

"你是在跟我做交易吗，兄弟？你不觉得自己并没什么资本来跟我讨价还价？"

"我不是一个人在工作，"我说，"警察今晚在'疯狂钢琴'监视费伊的行动。米兰达今天会把他们带到这儿来。不论你对我做什么，你花天酒地的生活已经结束了。杀了我，你就完了。"

"你也许高估了自己的重要性。"他露出了谨慎的微笑。"你没有想过今晚交易的百分之一有多少钱，对不对？"

"是吗？"我在竭力思索如何夺下他手中的枪。我的思维有点混乱。我能站住不倒已经不容易。

"设想一下我的情形，"特洛伊说，"一个无足轻重的私家小侦探妨碍了我的生意，不是一次，而是连续两次。我微笑着忍受了。我并不高兴，但是我忍了。我没有杀死你，虽然我很想这样。现在，我愿意给你今晚交易全部所得的三分之一——七百美元，阿彻先生。"

"今晚交易全部所得的三分之一是三万三千美元。"

"什么？"他脸上的表情显然说明他对此感到震惊。

"你要我一字一句地给你拼出来吗？"

他很快地恢复了神态。"你说是三万三千美元，那可是个不小的数目。"

"十万的三分之一是三万三千三百三十三美元三十三美分。"

"什么生意会让你这样敲竹杠呢？"他的声音焦急、严肃。我不喜欢被枪这样地指着。

"算了，"我说，"我不会碰你的钱。"

"但是我不明白。"他急切地说,"你说话不要玩谜语。这让我着急。让我的双手都紧张了。"他比画着枪示意。

"你不知道发生了什么吗,特洛伊?我以为你知道事态的进展。"

"你就假设我什么都不知道吧。快说发生了什么。"

"看看报纸上是怎么说的吧。"

"我让你快点说。"他举起枪让我看着他的眼睛,"告诉我关于辛普森和十万美元的事。"

"你自己做的事情为什么要让我来告诉你?两天前你绑架了辛普森。"

"继续。"

"昨晚你的司机拿走了那十万美元。那还不够吗?"

"是帕德勒做的吗?"他的冷漠表情已全然不在,脸上换了一副全新的表情——冷酷、专注,一脸杀气。

他举着枪走向房门,打开门高喊:"帕德勒!"他的声音高而嘶哑。

"是另一个司机,"我说,"埃迪。"

"你在说谎,阿彻。"

"好吧。那你等警察来当面告诉你吧。他们现在已经知道埃迪是为谁工作的了。"

"埃迪没那脑子。"

"对于一个死人来说他的智商足够了。"

"你什么意思?"

"埃迪现在躺在停尸间里。"

"谁杀了他?警察?"

"也许是你杀了他。"我慢慢地说,"十万美元对做小生意的人来说可不是小数目。"

他并不争辩，问："那钱呢？"

"有人开枪杀了埃迪拿走了钱。那人开了辆米色的敞篷跑车。"

米色车这三个字让他震惊，他的眼睛有一瞬间露出茫然的神色。我向右侧移动，用左手猛击他持枪的手。他没来得及开枪，枪落到地板上，滑向打开的门边。

帕德勒站在门内，比我更靠近那支枪。我后退。

"要我开枪干掉他吗，特洛伊先生？"

特洛伊摆手。他受伤的手像一只白色的飞蛾在电灯的光晕下鼓动着翅膀。

"现在不是时候，"他说，"我们现在得离开这里。我们不能留下个烂摊子。开他的车带他到林孔的码头。把他关在那里等我的命令。听懂了吗？"

"明白，特洛伊先生。你要去哪里？"

"我也不太清楚。贝蒂今晚在'疯狂钢琴'吗？"

"我离开时她不在。"

"你知道她住在哪儿吗？"

"不知道，几周前她搬家了。有人借给她某处的一个小木屋，但是我不知道在哪儿。"

"她还开那辆车吗？"

"那辆敞篷跑车？对，反正她昨晚开的是那辆。"

"我明白了，"特洛伊说，"我总是被傻瓜和无赖所包围。他们没有办法不去自找麻烦，不是吗？帕德勒，咱们给他们点麻烦尝尝。"

"好的，先生。"

"走吧。"特洛伊对我说。

22

他们推着我出去,向我的车走去。特洛伊的别克停在旁边。卡车不见了。克劳德和那群棕色皮肤的人离开了。天仍然黑着,月亮已经降到了最低处。

帕德勒从砖墙旁的小屋里拿来一卷绳子。

"把手放到身后。"特洛伊对我说。

我的手垂在身体两侧保持不变。

"把手放到身后。"

"目前为止,我不过是在做我的工作,"我说,"如果你继续逼我,我可不会喜欢你的。"

"你是自讨苦吃,"特洛伊说,"让他闭嘴,帕德勒。"

我转身面向帕德勒,但是速度不够快。他一拳打在我的后颈上,疼痛像碎玻璃一样蔓延过我的全身,我眼前一黑,再次晕厥过去。然后,我感到我在路上,车很多。我负责统计每辆车上所有乘客的信息。我必须报告每个人的年龄、职业、爱好、宗教信仰、银行存款、性取向、政治倾向、犯罪记录、最爱的餐馆。乘客们不停地换车,就像在玩音乐椅子游戏。车辆的号牌和颜色不停变换。我的笔墨水用光了。我坐上了一辆蓝色的卡车,然后车变成了葬礼上的黑色。埃迪坐在方向盘前,我让他驾驶。我在计划着杀人。

我醒来的时候,计划只完成了一半。我被挤在我车的前后座之间的地板上。地板随着车的行驶震动着,我的头也以同样的节奏阵阵作痛。我的手又被绑在了身后。帕德勒坐在前座上,车灯映出他宽阔脊背的轮廓。我站不起来,也够不到他。

我扭动拉扯手腕试图摆脱手上的绳子,直到手腕生疼,衣服被汗水湿透。绳子仍牢牢地套着我。我放弃了这个计划,开始想别的出路。

我们沿着黑暗的道路从山上下来到了海边,路上一个人都没有见到。他将车停在了一个柱子支起的防雨布棚子下。发动机一熄火,我就听到了下面海浪拍打沙滩的声音。他拎着我的衣领将我抬出车子然后让我双脚站立在地上。我注意到他将我的车钥匙放进了自己的口袋。

"别出声,"他说,"除非你还想挨揍。"

"你很有胆量,"我说,"拿枪指着人,然后从背后给他一击,这需要很大的胆量。"

"你给我闭嘴。"他的手从上往下摸过我的脸。他的手上有汗的味道,像马的汗水一样散发着令人厌恶的味道。

"这需要很大的胆量,"我说,"打一个双手被反捆的人的脸。"

"你闭嘴,"他说,"不然我会让你永远不能张嘴。"

"特洛伊先生不会喜欢的。"

"闭嘴,快走。"他把手放在我肩上,将我扭转身子,推出停车棚。我们来到了一个长长的码头,靠近海滩的尽头。码头堆建在水上。我身后的天空中有油井铁架塔的轮廓,但是没有灯光。除了大海和码头尽头一个像心脏一样缩张工作着的油泵外,这里一片寂静。

我们一前一后向码头尽头走去，帕德勒在我身后。人行道的厚木板弯曲变形，胡乱地堆在那里。裂缝下黑色的海水闪着光。

当我们离海滩大约有一百码时，我看清了码头尽头那一升一降工作着的油泵，仿佛一个自动的跷跷板。它旁边有一个工具棚，除此之外便是大海。

帕德勒打开工具棚的门，拿下一个挂着的灯笼，点亮了它。

"坐下，傻瓜。"他用灯笼照着靠墙摆放的一张厚重的长凳。凳子的一端有一个老虎钳和散落的一堆工具：拔钉钳、各种尺寸的扳手和一把生了锈的锉刀。

我在一块空地上坐下。帕德勒关上门，将灯笼放在一个油桶上。闪烁的黄色灯光从下方映着他的脸——那简直不像人的脸：低矮的额头、突出的下巴如同穴居人，茫然无知的表情。责备他并不公平。他是个不小心掉进钢筋水泥丛林的野人，他是个被驯化的负重的野兽、打斗的机器。但是我必须责备他。不是我服从他，就是想办法让他服从我。

"你的处境非同寻常。"我说。

他没有听到，或者是他拒绝跟我说话。他靠在门上，庞大的身躯挡住了我的去路。我听着外面油泵的咯吱作响，水在下面拍击的声音。我思索着我所知道的关于帕德勒的一切。

"你的处境非同寻常。"我又说了一遍。

"闭嘴。"

"你现在像个狱卒，我的意思是。通常情况是相反的，你总是蹲在牢笼里被别人看守着。"

"我让你闭嘴。"

"笨蛋，你蹲过多少回班房了？"

"老天啊!"他喊道,"我警告过你了。"他无精打采地向我走过来。

"这需要很大的勇气,"我说,"去威胁一个双手被反捆在身后的人。"

他张开的手掌在我的脸上留下一阵剧痛。

"问题是你太怯懦,"我说,"正如玛茜所言。你甚至连玛茜都害怕,不是吗,帕德勒?"

他站在那里乜着眼睛,他的影子笼罩着我。"我会杀了你,听到了吗?你再说下去,我会杀了你。"这些话费力地从他嘴里杂乱地蹦出来,语速太快,他的嘴角溅着唾沫星。

"但是特洛伊先生不会喜欢那样。他告诉过你要保证我的安全,记得吗?你不能对我怎么样,帕德勒。"

"我可以狠狠地揍你。"帕德勒说,"我要暴打你一顿。"

"如果我的双手没被绑起来,你是无法得逞的。你这个可怜虫。"

"你叫谁可怜虫?"他又举起了手。

"你这个孬种,"我说,"你已经过气了,彻底过气了。你只会打一个没有还手之力的人。"

他没有打我。他从口袋里掏出一把折叠刀并打开了它。他的小眼睛血红地闪着光。他的整张嘴现在都被唾液浸湿了。

"站起来,"他说,"让我来告诉你谁是孬种。"

我朝他背转过身去。他切断了我手腕上的绳子然后收起刀子。他一把将我扭转向他,给了我一记右勾拳。我的脸立刻失去了知觉。我自知不是他的对手。我一脚踢向他的腹部,他移动到房间的另一侧。

趁他再次走过来的时候,我捡起凳子上的那把锉刀。刀尖并不锋利,但也够用了。我扭住他,手握着锉刀靠近刀尖的地方,在他额头上划了一道长长的口子。他向后退,难以置信地说:"你居然划伤了我？"

"很快你就什么也看不见了，帕德勒。"在圣佩德罗码头，一个芬兰水手教过我，波罗的海刀客弄瞎对手的方法。

"我要杀了你。"他像公牛一样扑向我。我躺倒在地，来到他的身下，用锉刀戳向他的要害。他怒吼一声倒了下去。我朝门口跑去。他追过来在空地上追上我。我们在桥墩上摇晃，然后从中间摔了下去。在我们开始扭打之前我做了一个深呼吸，我们一起沉入水中。帕德勒使劲地击打我，但是他的打击被水缓冲了。我的手指套住他的腰带死死不放。

他手忙脚乱地踢打着水，像一只惊恐的动物。我看到空气从他嘴里冒出来，一串银色的水泡升上黑色的水面。我抓着他。我的肺渴望空气，胸快要炸了。我的脑袋沉重，思维缓慢。帕德勒不再挣扎。

我不得不放开他以便及时升上水面。我深呼吸一口，然后潜下水去追他。我的衣服束缚着我，脚上的鞋非常沉重。我向下游，经过的水域越来越冷，直到我的耳朵因水压而疼痛。帕德勒已不在我的视力和触摸范围之内。我一共尝试了六次才放弃。我的车钥匙在他的裤子口袋里。

我游上岸时，双腿已经无法支持我站立。我不得不爬上岸，离开海浪的击打范围。我精疲力竭，恐惧万分。我害怕背后冰冷海水之下的东西。

我躺在沙子里直到心跳慢下来。当我站起身时，地平线上的油井架被逐渐亮起的天空衬托得非常清晰。我爬上岸走到工具棚旁，因为车停在那里。我打开了车灯。

在撑着防雨布的柱子上缠着一段铜线。我扯下铜线把它缠在仪表盘下的点火末端。只试了一次，发动机就着了。

23

当我到达圣特雷莎时,太阳已经升到山顶了。阳光在每一片叶子、每一块石头和每一根草茎的边缘都投下影子。从峡谷的路上看辛普森家的房子,仿佛是一个用糖块建成的玩具别墅。靠近一些,我能感觉到房子非常安静。我停下车来,四周一片寂静。我必须扯下铜线来让发动机熄火。

我敲门,费利克斯来到服务入口处。"阿彻先生?"

"难道你怀疑我不是他本人吗?"

"你遇到车祸了吗,阿彻先生?"

"显然是这样。我的包还在储物间吗?"包里有我的干净衣服和汽车的备用钥匙。

"是的先生。您的脸上有挫伤,需要我叫医生吗,阿彻先生?"

"不必麻烦了。如果方便,我倒是很需要冲个澡。"

"好的先生。我在车库那边有个浴室。"

他把我领到他住的地方并拿来了我的包。我在狭小的浴室里冲澡刮胡子,换下被海水湿透的衣服。我竭力控制自己不去忘记这个案子,不让自己倒在他整洁的小屋子里,在还没整理的床上昏睡过去。

我回到厨房时,费利克斯正在往托盘上摆放银制餐具和早餐。

"你需要吃点儿什么吗,先生?"

"火腿和鸡蛋,如果可能的话。"

他点了点圆圆的脑袋说:"做完这个我马上安排,先生。"

"这是给谁的?"

"辛普森小姐,先生。"

"这么早。"

"她要在自己房间用早餐。"

"她还好吗?"

"我不知道,先生。她只睡了很少的觉。昨晚她午夜过后才回来。"

"从哪儿回来。"

"我不知道,先生。您和格雷夫斯先生一离开,她就离开了。"

"她自己开的车?"

"是的,先生。"

"什么样的车?"

"帕卡德敞篷跑车。"

"嗯,那辆米色的,对不对?"

"不,是红色的,先生。鲜艳的猩红色。她昨天开了二百多英里。"

"你对这个家观察得很仔细啊,是不是,费利克斯?"

他温和地微笑了。"我的职责之一是检查车辆的用油情况,因为我们没有专职司机。"

"但是你不是很喜欢辛普森小姐?"

"我对她很忠诚。"他不透明的黑眼睛不透露任何秘密。

"他们有时会刁难你吗,费利克斯?"

"没有,先生。我们家在萨马岛是有名望的家族。我来到美国加州理工学院读书时开始了这份工作。我不喜欢格雷夫斯先生因为我的肤色而怀疑我。园丁们也不喜欢他们因为同样的原因被怀疑。"

"你昨晚就是在说这个？"

"是的，先生。"

"我并不认为他是有意的。"

费利克斯又温和地笑了。

"格雷夫斯现在在这里吗？"

"没有，先生。我想他在警长的办公室。先生，我得失陪了。"他将托盘举到肩上。

"你知道电话号码吗？还有，你必须每句话都得称呼我先生吗？"

"不是的，先生。"他略带讽刺地说，"二三六六五。"

我用配膳室里的电话拨打了格雷夫斯的电话。一个昏昏欲睡的副警长去找他。

"我是格雷夫斯。"他的声音沙哑疲惫。

"我是阿彻。"

"天哪，你到底去哪儿了？"

"我稍后告诉你。有辛普森的下落吗？"

"还没有。不过我们有些进展。我正跟联邦调查局的一个重案组一起工作。我们将死者的指纹密电到华盛顿，大约一小时前有了结果。联邦调查局有着关于他犯罪档案的一串长长的记录。他的名字叫埃迪·拉斯特。"

"我吃完早餐立刻过去。我在辛普森家。"

"也许你最好别这样做。"他降低了声音，"警长对于你昨晚逃跑了很生气。我过去。"他挂了电话。我打开厨房门。

平底锅里的培根发出欢快的声响。费利克斯将培根倒进一个正在被加热的盘子，往烤箱旁的烤面包机里放了几片吐司，然后将鸡蛋敲碎洒入滚热的油中。他从冒着热气的石英玻璃的咖啡壶里给我倒了一杯咖啡。

我在厨房的桌子前坐下,大口地喝着滚烫的咖啡。"家里所有的电话都是同一条线吗?"

"不是,先生。房子前厅的电话与用人们的不是同一条线。您想要双面煎的鸡蛋吗,阿彻先生?"

"怎样都行。哪几部电话跟配膳室的相连?"

"衣物室的,还有屋子上方的客房。塔格特先生的屋子。"

我边吃边问道:"塔格特先生现在在房间里吗?"

"我不知道,先生。我认为昨晚我听到他开车回来的声音。"

"过去确认一下他是否真的在,好吗?"

"好的,先生。"他从后门离开了厨房。

一分钟后,一辆车驶近。格雷夫斯走进了房间。他不像先前那样劲头十足,但是他走路依然很快,眼睛里布满血丝。

"你看起来很糟,阿彻。"

"我刚从那儿回来。你有埃迪·拉斯特的消息?"

"是的。"

他从衣服里面的口袋掏出一张电传打字机发送的打字纸交给我。我的眼睛飞快地浏览那密密麻麻写满字的纸张:

一九二三年三月二十九日,纽约儿童法庭,父亲抱怨旷课。一九二三年四月四日,送入纽约天主教儿童教养院。一九二五年八月五日获释……一九二八年一月九日,布鲁克林特别法庭,被指控偷盗自行车,被判缓期执行。一九二九年十一月十二日免除缓刑。一九三二年五月十七日因被指控盗窃邮政汇票而被捕。根据联邦检察官的建议，因证据不足被释放。一九三六年十月五日，因盗窃车辆被捕，判在纽约州立新新监狱服刑三年……一九四三年四月二十三日，与其妹贝蒂·拉斯特被美国毒品调查科侦探拘捕。一九四三年五月二日，被判因出售一盎司可卡因，在莱文沃斯监狱入狱一年零一天……一九四四年八月三日因参与持枪劫持通用电器工资车被拘捕。承认有罪，被判在新新监狱入狱五到十年。一九四七年九月十八日，假释出狱。一九四七年十二月，违释逃脱，消失不见。

这些是埃迪档案中的重要事件，虚线上的点标记了他从一个过失少年到暴力死亡的人生轨迹。现在，一切就像他从未出生过一样。

费利克斯在我耳边说："塔格特先生在房间里，先生。"

"他起床了吗？"

"是的，正在穿衣服。"

"来点早餐怎样？"格雷夫斯说。

"好的，先生。"

格雷夫斯转向我问："有什么有用的信息吗？"

"只有一条消息可能很重要。埃迪·拉斯特有个妹妹叫贝蒂，跟他一起因贩毒被起诉。洛杉矶也有个叫贝蒂的女人有贩毒的记录，她是特洛伊开的黑店里的钢琴师。她自称名叫贝蒂·弗雷利。"

"贝蒂·弗雷利！"费利克斯在烤箱那边叫了出来。

"这不关你的事。"格雷夫斯不高兴地说。

"等一下，"我说，"贝蒂·弗雷利怎么了，费利克斯？你认识她？"

"不，我不认识她。但是我在塔格特先生的屋里见过她的唱片。我打扫房间时注意到了这个名字。"

"你说的是真的?"格雷夫斯说。

"我为什么要说谎呢,先生?"

"让我们来听听塔格特对此有什么要说的?"格雷夫斯站起来。

"等一下,伯特。"我用手抓住他的胳膊。他的胳膊因紧张而僵硬。"恫吓并不能有什么结果。即使塔格特有那个女人的唱片也不能说明什么。我们甚至不确定她就是埃迪·拉斯特的妹妹。也许他有收集唱片的习惯。"

"他有很多唱片。"费利克斯说。

格雷夫斯很顽固。"我认为我们应该去看看。"

"但现在不是时候。塔格特也许有罪,但是我们如果莽撞行事,就不可能把辛普森救回来。等塔格特离开之后,我们再去看他的唱片。"

我将格雷夫斯拽回到椅子里,他没有反抗。他用指尖摸着自己的眼皮说:"这是我遇到过的最无厘头的案子。"

"是的。"格雷夫斯只知道一半的案情。"寻找辛普森的广告发出了吗?"

他睁开眼睛。"昨晚十点,我们已经通知了高速公路巡警和联邦调查局,还有这里和圣地亚哥的每个警察局和县警长。"

"你最好再打电话,"我说,"通知在全州范围寻人。这次是找贝蒂·弗雷利。包括整个西南部地区。"

他仰起下巴,面带讽刺的微笑。"这就不算是莽撞行事了吗?"

"在此情况下,我认为我们必须这样做。如果我们不很快地找到贝蒂,就会有人先于我们找到她。德怀特·特洛伊正在追杀她。"

他好奇地看了我一眼问:"你是怎么得到这消息的,卢?"

"用一个艰难的方法。昨晚我和特洛伊本人对话了。"

"那么说他也牵扯其中了。"

"现在是这样子。我想他想要那十万美元，我猜他知道谁拿走了那笔钱。"

"贝蒂·弗雷利？"他从口袋里拿出一个笔记本。

"这是我的猜测。黑色头发、绿眼睛、中等身材、五英尺二寸或三寸，年龄在二十五到三十岁之间。很可能可卡因上瘾，消瘦但身材很好，如果你喜欢诡异类型的，那么她算得上漂亮。因谋杀了埃迪·拉斯特而被通缉。"

他猛地抬起头问："这也是你的猜测吗，卢？"

"算是吧。你能把这些消息公布出去吗？"

"马上。"他站起来，向配膳室走去。

"不要用那部电话，伯特。它跟塔格特屋里的电话是连着的。"

他停住了脚步转身向我，脸上带着一抹悲哀。"你好像很肯定塔格特是我们要找的人。"

"如果他是的话，你会伤心吗？"

"伤心的人不是我。"他说，然后转身走开，"我去用书房里的电话。"

24

我在房子的前厅里等着,直到费利克斯过来告诉我塔格特已经到厨房吃早饭了。他带着我从车库后面走上一条通往山上的小路。路沿着山坡爬升,逐渐变成低矮的石阶。当那所客房进入我们的视线时,他离开了。

那是所只有一层的白色木屋,背靠着山腰位于树丛中。我推开没有上锁的门走了进去。黄色的松木板镶饰的客厅里摆放着安泰椅、收音电唱两用机、一张大大的长餐桌,上面堆满了杂志和唱片。朝西的大窗户可以将整座房子和远方的大海一览无余。

桌上摆放着《爵士唱片》和《低音节拍》的杂志。我一一检查唱片和唱片集——迪卡、蓝鸟、阿什、十二英寸海军准将、布鲁斯音乐。许多名字是我听说过的:法茨·沃勒、雷德·尼克尔斯、勒克斯·刘易斯、玛丽·卢·威廉姆斯。也有我从未听说过的名字:《麻木的探索》《毒蛇慢行》《夜生活》《德纳帕斯的游行》。但是没有贝蒂·弗雷利的名字。

我正要出门去找费利克斯时,忽然记起前一天看到的海面上跳跃的黑色碟状物体。在我看见那些物体之后几分钟,塔格特身穿泳衣走进了房间。

我绕过房子，朝海滩的方向走去。在悬崖的边缘，从一个四面用玻璃围住的凉亭处，一段水泥台阶成对角线倾斜向下通往海滩。台阶的尽头有一个带遮蔽阳台的公共浴室。我走进去。我发现在浴室的一个小隔间的墙上，用钉子挂着一个橡胶和厚玻璃做的潜水面罩。我脱去衣物，只剩下短裤，然后将面罩调好戴在头上。

清新的海风挂着海浪，浪尖在破碎之前被海风吹出泡沫。朝阳火辣辣地照在我背上，干燥的沙子温暖着我的脚跟。我在海浪刚刚能打到的棕色沙滩上站了一会儿，观望着海浪。蓝色的海浪冒着泡，像女人的身体一样富有曲线美，但是它们让我恐惧。大海冰冷而危险，下面埋葬着死人。

我缓缓地踏入水中，将头上的面具拉下盖住脸，向海里游去。在离岸五十码左右，越过了海浪，我仰过身体，用嘴巴深深地呼吸着。起伏的波涛和过度的氧气让我感到一丝头晕。透过起雾的面具玻璃，蓝色的天空好像在我头上旋转。我猛地潜入水中来清洗面罩的玻璃，我先是浮在水面上，然后用蛙泳姿势向海底游去。

海底是一片纯白的沙子，中间夹杂着棕色的石头。海水的运动轻轻搅起沙子，但视线不受影响。我在海底曲折前行，游了约四五十英尺，除了岩石上嵌着的几个小鲍鱼外，什么也没有发现。我踩水升上水面呼吸。

抬起面具时，我看到悬崖上一个男子正注视着我。他飞快地弯腰躲到凉亭旁野樱桃防风林的后面，但我还是认出他就是塔格特。我深呼吸几下，再次潜了下去。我浮上来时，塔格特已经不见了。

第三次潜入水下时，我找到了要找的东西，一个未破碎的黑色唱片，一半埋在沙子里。将唱片捏着拿在胸前，我仰过身体，踢腿浮上水面向岸边游去。我将唱片拿到浴室里小心地清洗、擦干，好像母亲照顾自己的婴儿。

我从更衣室出来时，塔格特在走廊里。他坐在一张帆布椅子上背朝着纱门。他身穿法兰绒宽松裤和白色的T恤，显得很年轻。他皮肤黝黑，小脑袋上的头发显然精心梳理过。

他给了我一个孩子气的微笑，但眼神却并非如此。"你好，卢。泳游得好吗？"

"不错。但是水有点凉。"

"你应该用游泳池的。池里的水总是比较温暖的。"

"我喜欢大海。你永远都不知道你会在海里发现什么。我找到了这个。"

他看着我手里的唱片仿佛是第一次见到的样子。"这是什么？"

"一张唱片。似乎是有人将标签撕掉后将它扔进了海里。我奇怪这是为什么。"

他大步走向我，他的步伐在草编地毯上无声无息。"让我看看。"

"别碰它。你可能会把它弄坏的。"

"我不会把它弄坏。"

他一把抓向唱片。我急忙避开了。他的手抓空了。

"退后。"我说。

"把它给我，阿彻。"

"不。"

"那我就抢了。"

"不要那样做。"我说，"否则我可能会把你弄成两半的。"

他站在那里看着我足足有十秒钟。然后他露出了那孩子气的微笑，但是这次那笑容显得很勉强。"老兄，我是在开玩笑。但我还是想知道那东西里到底有什么。"

"我也是。"

"我们来播一下听听。这里有个轻便唱机。"他绕过我走到走廊中央的桌子旁,打开了一个方形的纤维板箱子。

"我来播放。"我说。

"对——你怕我把它弄坏了。"他坐回到椅子上,双腿向前伸展着坐着。

我打开唱机,将唱片放在转盘上。塔格特满怀期待地微笑着。我站在那里望着他,等待一个讯号,一个他错误的举动。这个英俊的男孩不符合我关于恐惧的种种预测。他不符合我所知的任何类型。

唱片有杂音而且老旧。在噪音的背景中,钢琴的独奏声开始了。三四个布吉和弦被反复重复着。然后右手滑过,增加了音乐的活力。房间里洋溢着重复的第一和弦。音乐的风格是丛林和机械的混合。右手再次滑过,然后反方向滑回,仿佛什么东西在人造的丛林里被一个巨人的阴影所追逐着。

"喜欢吗?"塔格特问。

"不太喜欢。如果钢琴算是打击乐器的话,这称得上一流。"

"但你说中了,钢琴正是打击乐器。"

唱片结束了,我关掉唱机。"你好像很喜欢布吉乌吉舞曲。你知道这是谁演奏吧?"

"不,我不知道。这风格有可能是勒克斯·刘易斯。"

"我怀疑。这听起来更像是个女人在演奏。"

他故作沉思状地皱眉,然后眯起眼睛。"我不知道哪个女人能这样地演奏。"

"我知道一个。前天晚上我在'疯狂钢琴'听她演奏过,她叫贝蒂·弗雷利。"

"我从来没听说过她。"他说。

"算了吧，塔格特。这是她的唱片。"

"是吗？"

"你应该知道。你把它扔进了海里。你为什么那样做？"

"这个问题我无法回答，因为我没有那样做。我做梦也不会想到把好唱片给扔掉。"

"塔格特，我想你经常做梦。我想你一直在做一个关于十万美元的梦。"

他在椅子里轻微地晃动了一下。他悠然自若的伸展姿势僵住了。如果有人拎着他的衣领把他举起来，他的腿将会保持原来的姿势，停在空中。

"你在暗示是我绑架了辛普森？"

"不是你亲自做的。我认为你跟贝蒂·弗雷利还有她的哥哥埃迪·拉斯特同谋绑架了他。"

"我从来没有听说过他们中的任何一个人。"他深深地吸气。

"你会的。你会在法庭上见到其中的一个，同时得知另一个人的消息。"

"等一下，"他说，"你对我这么早就下了结论。就是因为我把那些唱片扔了吗？"

"这么说你承认这是你的唱片？"

"是的。"他的声音非常坦然。"我承认我有几张贝蒂·弗雷利的唱片。昨晚我听到你们跟警察讨论'疯狂钢琴'，就把它们给扔了。"

"你还偷听别人的电话？"

"那纯属偶然。在我拿起话筒想打个电话时，听到了你们的交谈。"

"给贝蒂·弗雷利打电话吗？"

"我说过我不认识她。"

"恕我直言,"我说,"我认为也许你昨晚给她打电话,同意她进行那桩谋杀。"

"谋杀?"

"对埃迪·拉斯特的谋杀。你不必装作如此惊讶,塔格特。"

"但是我对这些人一无所知。"

"你对他们的了解足够多,所以你扔掉了贝蒂的唱片。"

"我听说过她,仅此而已。我知道她在'疯狂钢琴'演奏。当我得知警察在调查那地方,我就扔掉了唱片。你知道他们对任何扯上干系的证据都毫不放过。"

"别自欺欺人了,"我说,"一个清白的人是不会想到要把唱片扔掉的。全国好多人都有她的唱片,不是吗?"

"这正是我要说的。这不表示他们都有罪。"

"但你却承认,塔格特。如果你跟贝蒂·弗雷利真的没有关系,你没有理由认为这是对你不利的证据。而且事实是,你在听到我们的电话谈话好几个小时前就扔掉了唱片——在贝蒂·弗雷利被提及与此案有关之前。"

"也许是这样,"他说,"但是除了这些证据,你需要一些其他的证据来确认我真的与此案有关。"

"我不会试图这样做。这些证据已经足够了。现在让我们忘了这些证据来谈一个重要的事情。"我在他对面的一张藤条椅子里坐下来。

"你想谈什么?"他依然保持着良好的控制力。他困惑的微笑很自然,他的声音也很轻松。只有他的肌肉透露了他的秘密。他的肩膀耸着,大腿颤抖。

"绑架,"我说,"我们以后再谈谋杀的事。绑架在本州也是非常严重的罪行。我要告诉你我对绑架案情的推断，然后我们听听你怎么说。很多人都在期待着听你说。"

"太糟了。我对此无话可说。"

"但是我有。如果不是因为我挺喜欢你的话，我早就猜到了。你比别人有更多机会和动机来绑架他。你痛恨辛普森对待你的方式。你痛恨他有很多钱。你自己那时并没有多少钱——"

"现在还是没有。"他说。

"现在你应该很富足了。十万美元的一半是五万。这是你刚刚得到的。"

他故作滑稽地摊开手。"我身上带着这些钱吗？"

"你没那么傻，"我说，"但是你很傻。你的行为像个乡巴佬，塔格特。城市里的骗子引诱和利用了你。你可能永远也见不到你的五万美元。"

"你给我讲了一个故事。"他平静地说。他很难被击倒。

我亮出了我的王牌："在你带辛普森从拉斯维加斯飞出的前一晚，埃迪·拉斯特给你打了电话。"

"别告诉我你有通灵能力，阿彻。你说过那人死了。"但说这话时，塔格特的嘴唇已经白了。

"我的通灵能力足够知道你跟埃迪说了什么。你告诉他你大约第二天下午三点飞抵伯班克。你让他租一辆黑色轿车在伯班克机场等你的电话。当辛普森给瓦莱利奥打电话要车后，你又打电话取消了他的预定，然后派来了埃迪。瓦莱利奥的接线员以为是辛普森打的电话。你模仿他的功夫不错，不是吗？"

"继续，"他说，"我一直喜欢听人讲自己的白日梦。"

"当埃迪开着租来的车到了机场，辛普森顺理成章地上了车。他没有理由怀疑任何事。你把他灌醉了,他注意不到司机换了人。他醉到连埃迪这样的小个子一个人都可以轻易地对付他。埃迪给他用了什么?氯仿麻醉剂吗?"

"这只是你编的故事,"他说,"你的脑子不累吗?"

"这是我们两个人的故事。那个取消订车的电话是关键,它是将你与此案紧紧相连的第一个线索。没有其他人可以知道辛普森要给瓦莱利奥打电话;没有其他人可以知道辛普森何时会从内华达飞抵;没有其他人可以在前一晚给埃迪透露消息;没有其他人可以做出所有这些安排并准时地执行。"

"我从没否认过我跟辛普森一起在机场。那时机场还有几百号人呢。你跟其他警察一样对于旁证过于重视,而关于我丢掉唱片的事情甚至算不上是旁证,这是一个循环论证。你没有任何证据证明贝蒂·弗雷利有罪,你也没有任何证据证明我跟她之间有关系。成百上千的收藏者都有她的唱片。"

他的声音依然冷静、清晰和坦白,但是他害怕了。他的身体因紧张而蜷缩着,好像我已经将他逼入了一个狭小的空间。他的嘴巴透露了真相。

"要证明你们之间的关系并不困难,"我说,"肯定有一两次你们会被看到在一起。那天晚上我和费伊·艾斯塔布鲁克在瓦莱利奥时,难道不是你看到后给她打了电话?你并非真是去'疯狂钢琴'寻找辛普森,你是去找贝蒂·弗雷利的。当你把我从帕德勒手里救下后,你打消了我对你的戒备。我以为你跟我是一伙的。我如此相信你,以至于你朝蓝色卡车开火后我都愚蠢到没有怀疑你。你是在警告埃迪离开那里,对不对,塔格特?如果你没有做出绑架和谋杀这种伤天害理的事,我会认为你是个聪明的孩子。这种愚蠢的行为抵消了你的智慧。"

"如果你结束了对我的侮辱,"他说,"我们就着手干正事吧。"

他仍然安静地坐在帆布椅子上,但是他的手从身旁举起,手里握着一支枪——那只我之前见过的点三二口径的打靶手枪——枪很轻便,但是足以让人害怕。

"将手放在膝盖上。"他说。

"我没想到你这么快就放弃了伪装。"

"我还没有放弃。我只是在确保自己的行动自由。"

"向我开枪并不能确保你的自由,倒是能确保别的什么东西,比如说毒气死刑。收起你的枪,我们好好谈谈。"

"没什么好谈的了。"

"你又错了。你认为在这个案子中我在努力干什么?"

他没有回答。现在手里拿着枪,随时准备暴力出击,他的神色平静而放松。他的脸像是另一个人的——平静、无惧,因为他对生命没有敬畏。他看起来孩子气而无辜,因为他作恶时几乎对此毫不自知。他是那种在战争中长大的人。

"我在努力地寻找辛普森,"我说,"如果我能把他找回来,其他的一切都不重要。"

"你骗不了我,阿彻。你忘了昨晚你说什么来着:如果绑架他的人发生了什么不测,那么辛普森就完了。"

"暂时不会有什么事情发生在你身上。"

"也还没有什么事情发生在辛普森身上。"

"他在哪里?"

"一个不会被人找到的地方——如果我不说的话。"

"你已经拿到了钱,放他走吧。"

"我本如此打算的,阿彻。今天我计划放了他的。但是这将被无限期地推迟了。如果我出了什么不测,那么你们就跟辛普森说再见吧。"

"我们可以达成共识。"

"不,"他说,"我不信任你。我们必须有个了结。你没有意识到你已经把事情搞砸了吗?你有这种破坏力,但是你没有能力确保我们可以了结此事。除此之外,我无法为你做什么了。"

他扫了一眼手中的枪——它正指着我身体的中央,然后他的目光轻松地回到我身上。他随时都可能开枪,不需准备,没有愤怒。他所要做的仅仅是扣动扳机。

"等一下。"我说。我的喉咙发紧,皮肤干燥,我的汗快要流下来。我的双手抓着膝盖。

"我们没有必要拖延时间。"他起身向我靠近。

我的身体在椅子上挪动,调整着位置。除非运气太差,否则一枪并不会让我致命。在第一枪和第二枪之间,我可以碰到他。在我收脚的同时,我飞快地说:"如果你把辛普森给我,那么我保证我不会拘留你或者跟别人讲。跟别人一样,你得靠运气了。绑架跟其他罪行一样,得看你的运气了。"

"我要试试我的运气,"他说,"但不是在你身上。"

他僵硬的胳膊举了起来,手里的枪像一根空洞的蓝色手指。我的目光望向一侧,与我想要去的相反的一侧。当枪响的时候,我的身体有一半在椅子的外面。我抓住塔格特时,他颓然地倒向我,手里的枪滑落的地上。

那是另一支枪响的声音。阿尔伯特·格雷夫斯站在门口,手里拿着和塔格特用的一模一样的手枪。他将小手指戳入屏风上的一个小孔。

"太糟了，"他说，"但是必须得这样。"

我感到有液体从我脸上流了下来。

25

我抓住塔柊特正在倒下的柔软身体,把他放倒在草编地毯上。他睁开着的深色眼睛里闪着光——它们对我指尖的触摸没有反应。右侧太阳穴上的窟窿里没有血流出,只是一个红色的胎记一般的死亡符号。塔格特现在只是一个价值三十美元的人形的有机化合物。

格雷夫斯站在我身旁问:"他死了吗?"

"他没气儿了,你出手干净利落。"

"不是你就是塔格特。"

"我知道,"我说,"我不想吹毛求疵,但是我希望你做的是击落他手里的枪,或者打断他拿枪的手肘。"

"我已经没有信心再那样开枪了。我的枪法已经没有在部队时那么好了。"他扯动嘴角,一条眉毛向上挑。"你可真是个挑剔的王八蛋,卢。我救了你的命,你却怪我的方式不对。"

"你听到他说什么了吗?"

"足够了。他绑架了辛普森。"

"但不是他自己干的。他的朋友不会喜欢这个。他们会拿辛普森报复。"

"那么说辛普森还活着?"

"塔格特说他还活着。"

"其他人都是谁？"

"一个是埃迪·拉斯特。一个是贝蒂·弗雷利。可能还有别的人。你能向警察局打电话报告这起枪击事件吗？"

"当然。"

"告诉他们不要声张。"

"我并不以此为耻，"他犀利地说，"虽然看起来你觉得我应该这样想。这是形势所逼，你跟我一样清楚法律对此的规定。"

"从贝蒂·弗雷利的角度想想看。这并不是理所当然的。如果她得知了你对她的伙伴的所作所为，那么她会直奔辛普森，在他脑袋上打一个洞。她为什么要留辛普森的活口？她已经拿到了钱。"

"你说得对，"他说，"我们应该封锁报纸和收音机的报道。"

"我们必须在她对辛普森下手之前找到她。你自己也多加小心，伯特。她很危险，我有种感觉她将会寻找塔格特的下落。"

"她也是这样？"他说，停了一下，"我好奇米兰达会作何反应？"

"这令人伤心。她喜欢塔格特，对不对？"

"她迷上了他。她很浪漫，你知道，而且那么年轻。她认为塔格特有她想要的东西——年轻、英俊，还有了不起的作战记录。他的死会让她震惊。"

"我并不会轻易感到震惊，"我说，"但这还是出乎我的意料。我以为他是个不错的孩子，虽然有点以自我为中心，但是很可靠。"

"对这类人的了解你不如我，"格雷夫斯说，"我见过这样的事情发生在别的男孩身上。他们高中辍学后加入陆军或空军，一举成名。他们成为收入颇丰的军官和绅士，并且自恃清高。成功让他们的自我不断膨胀。战争是造就他们成功的要素，一旦战争结束，他们也完了。他们必须做回男孩子做的工作，接受中年平民的领导。他们用笔和计算器工作，不再玩弄枪杆子。他们中的一些人无法接受现实而堕落了。他们原以为世界被他们所主宰，于是不明白情况突然变了。他们想把它夺回。他们想要毫无来由的自由、幸福和成功，但这只是宿醉。"

他低头看着地上刚刚死去的人的躯体。他眼睛仍睁着，目光透过房顶望向空洞的天空。我俯身合上他的眼睛。

"我们开始变得哀伤了，"我说，"让我们离开这里。"

"等一下，"他把手放在我胳膊上，"我要你帮我个忙，卢。"

"是什么？"

他羞怯地说："我害怕如果我告诉米兰达这件事，她会误解我。你知道我的意思——她可能会责怪我。"

"你要我来告诉她？"

"我知道这不关你的事，但是我将非常感激。"

"我可以跟她讲，"我说，"毕竟你救了我的命。"

克罗姆伯格夫人在前厅里使用吸尘器。我进屋时她抬头看我，然后关闭了吸尘器。"格雷夫斯先生找到您了？"

"对。"

她的神情严峻，"出什么事了吗？"

"现在没事了。你知道米兰达在哪儿吗？"

"几分钟前她在晨间起居室里。"

她带我穿过房间来到一间充满阳光的房间门前，然后离开了。米兰达站在一扇可以俯视院子的窗前。她手里拿着水仙花，正将它们往一个碗里摆放。黄色的花朵与她颜色阴暗的衣服形成鲜明的对照。她身上唯一的亮色是黑色羊毛套装领口的红色领结。衣服下可以看到她小而坚挺的乳房。

"早上好,"她说,"我在祈求一个祝福,不是表达什么观点。"

她的双眼肿胀,微微泛着蓝色。"我明白。但是我有个小小的好消息告诉你。"

"小小的?"她扬起圆圆的下巴,但是她的嘴巴依旧悲哀。

"我们有理由相信你父亲仍然活着。"

"他在哪里?"

"我不知道。"

"那你怎么知道他还活着?"

"我没有说我知道。我说我认为他还活着。我跟绑架者中的一个人交谈过。"

她猛地向我走过来,紧紧地抓住我的胳膊,问:"他说什么?"

"他说你父亲还活着。"

她的手放开了我的胳膊,抓住自己的另一只手。她棕色的手指互相交叉紧握着。水仙花落到地上,花茎折断了。"但是你不能相信他们的话不是吗?他们当然会说他还活着。他们想要什么?他们给你打的电话?"

"我只跟其中的一个人交谈过——面对面的。"

"你见到他,然后让他走了?"

"我没有让他走。他死了。他的名字叫艾伦·塔格特。"

"但那是不可能的,我——"她的下嘴唇垂下来,露出牙齿。

"为什么不可能呢?"我问。

"他不可能做这种事。他是个好人。他一直对我——对我们,很诚实。"

"直到遇到难得的机遇,他对钱的欲望超过其他一切。即使是通过谋杀来得到，他也在所不惜。"

她眼睛里闪过一丝疑问。"你说拉尔夫还活着？"

"塔格特没有谋杀你父亲，但他试图谋杀我。"

"不，"她说。"他不是那样的人。那个女人改变了他。我早就知道跟她在一起，他会被她给毁了。"

"塔格特跟你说起过她？"

"当然，他告诉过我。他什么事都跟我讲。"

"你还爱他吗？"

"我说过我爱他吗？"她骄傲地抿起嘴。

"我认为你爱他。"

"那个愚蠢的傻瓜？我利用了他一阵子，我的目的已达到。"

"别说了，"我粗暴地说，"你骗不了我，你也骗不了自己。你将会非常痛苦。"

她紧握的双手一动不动，她颀长的身体也一动不动，仿佛一棵树被强风吹弯了，停在风中。那风将她吹向我。她的脚踩过水仙花。她的嘴唇盖在我的嘴上，身体从胸部到膝盖紧紧地贴着我。她拥着我，时间太长，但又似乎不够长。

"谢谢你杀了他，阿彻。"她的声音痛苦而柔软。如果伤口可以讲话，那声音就会是这样子。

我抓住她的肩膀，推开她。"你错了。我没有杀死他。"

"你说他死了，他试图谋杀你。"

"阿尔伯特·格雷夫斯开的枪。"

"阿尔伯特？"她的声音在傻笑和歇斯底里之间变换，"是阿尔伯特做的？"

"他习惯于一枪致命——我们在部队时一起做过很多这样的训

练，"我说，"如果他没有一枪打死他，现在我不会跟你在一起。"

"你喜欢现在跟我在这里吗？"

"我感到恶心。你在努力接受这个事实而不表现出痛苦，但是你无法做到。"

她打量着我的身体，脸上露出一个漂亮女孩所能做到的最像猴子一样的微笑。"我吻你的时候你也感到恶心？"

"你能感觉到我没有。但是跟一个同时表现出五六种人格的人同处一室，这让人感到迷惑。"

"你的意思是——病态。"她说，脸上依旧带着猴子般的微笑。

"如果你不安定下来，你会生病的。想想你对此事的感觉，好好地哭一场，不然你会精神分裂的。"

"我一直是多重人格的，"她说，"但是我为什么要哭呢，医生？"

"看看你是否哭得出来。"

"你并不重视我，对不对，阿彻？"

"对，正如我不能信任一棵被劈裂的树。"

"天啊，"她说，"我令人恶心、精神分裂，我还是一块分裂的木头。你到底认为我是什么？"

"我不知道。如果你能告诉我你昨晚去了哪儿，也许我能清楚一些。"

"昨晚？我哪儿也没去。"

"我知道你昨晚开着那辆红色的帕卡德跑车走了很远。"

"没错，但是我没有去什么特别的地方。我只是在开车。我想一个人静一静，然后下个决心。"

"关于什么呢？"

"关于我接下来要怎么做。你知道我接下来要怎么做吗，阿彻？"

"不知道。你呢?"

"我想见阿尔伯特,"她说,"他在哪儿?"

"在公共浴室,事情是在那儿发生的。塔格特也在那儿。"

"带我去见阿尔伯特。"

我们在遮阳房里发现了坐在死者旁的他。警长和地方检察官正在检查塔格特尚未盖起来的脸,并听取格雷夫斯的讲述。看到米兰达,三人都站了起来。

她必须跨过塔格特才能走到格雷夫斯面前。她没有低头看塔格特未被遮盖的脸。她双手拿起格雷夫斯的一只手,举到自己的唇前。她亲吻的是他的右手——开枪的那只手。

"我现在就跟你结婚。"

无论格雷夫斯是否曾知道,他确实有理由用枪射穿塔格特的脑袋。

26

有半分钟的时间,没有人讲话。那对情人站在尸体的旁边。其余人站在那里看着。

"我们最好离开这里,米兰达。"格雷夫斯终于说话了。他看着地方检察官,"原谅我们。辛普森夫人得知道这个消息。"

"去吧,伯特。"汉弗莱斯说。

汉弗莱斯开始向我提问,他办公室的一个人做笔录,另一个人给地板上的尸体拍照。他问得很多、很全面。我告诉他塔格特是谁、如何死的,以及他为什么一定要死。斯潘纳警长焦躁不安地听着,一面将一颗雪茄嚼成碎片。

"我们必须审讯,"汉弗莱斯说,"当然你和伯特是无罪的。塔格特手里有致命武器,而且很显然正要使用它。不幸的是我们面临的情况比以前更糟了。事实上我们没有线索了。"

"你忘了还有贝蒂·弗雷利。"

"我没有忘记她。但是我们还没抓到她,即使我们抓住了她,我们也不确定她是否知道辛普森在哪儿。问题还在那里,跟以前一样,我们对于找到解决办法没有任何进展。问题仍然是如何找到辛普森。"

"还有那十万美元。"斯潘纳说。

汉弗莱斯不耐烦地抬头说："我认为钱是次要的。"

"没错，钱是次要的。但十万美元的现金永远都是重要的。"他撇了撇厚厚的嘴唇，灰色的眼睛望向我，"如果你问完了阿彻，我想跟他谈一谈。"

"他是你的了，"汉弗莱斯冷冷地说，"我要回城里了。"他带着尸体走了。

只剩我们两人时，警长费力地站起来走到我身旁。

"有什么问题吗，警长？"我说。

"也许你可以告诉我。"他的粗胳膊交叉抱在胸前。

"我已经告诉了你我所知道的。"

"也许是。但你没有告诉我昨晚发生的一切。今天早上我从你的朋友科尔顿那里得到了消息。他告诉我关于拉斯特驾驶的轿车：它来自帕萨迪纳的租车行——这是你知道的。"他突然提高了嗓门，好像希望以此恐吓我来坦白。"你没有告诉我当赎金通知被送来时，你之前见过这车。"

"我见过一辆类似的车。我那时不知道是同一辆车。"

"但是你猜到了。你告诉科尔顿是同一辆车。你将信息告诉了一个无法利用这条信息的官员，因为这里不是他的辖区。但是你没有告诉我，对不对？如果你有的话，我们可以抓住他。我们可以阻止枪击事件，并挽救那笔钱——"

"但救不了辛普森。"我说。

"你不能断定。"他的脸因愤怒而充血，"你一手控制此事，干扰我执行公务。你隐藏了信息。埃迪被枪打死后，你立刻消失了。你是唯一的目击者，而你消失了。跟你一起消失的还有十万美元。"

"我不喜欢你的暗示。"我站起来。他是个大块头，我们的目光齐平。

"你不喜欢？你认为我喜欢这样吗？我不是说是你拿走了钱——现在这样说还言之过早。我不是说你开枪杀死了埃迪。我是说你可以这样做。我要你的枪，我要知道我的副手在南部遇到你时你在做什么。我要知道那之后你做了什么。"

"我在找寻辛普森。"

"你在找辛普森，"他说，语调里满是讽刺，"你指望我能相信你的话？"

"你不必相信我的话。我并不为你工作。"

他双手叉腰，向我探过身子。"如果我想发坏，我现在就可以把你带走。"

我失去了耐心。"不必怀疑，"我说，"你确实很坏。"

"你知道你在跟谁说话吗？"

"一个警长。一个面临棘手案子，却一筹莫展的警长，所以你在寻找一个替罪羊。"

他的脸因愤怒而失去血色。"在萨克拉门托他们会听到事情的经过，"他结结巴巴地说，"当你的营业执照被审核时——"

"这种话我之前也听说过，但是我仍在执业。让我来告诉你原因。我的档案很清白，而且我不欺负别人，直到被逼得无奈。"

"你是在威胁我！"他的右手摸着腰上的枪套，"你被捕了，阿彻。"

我坐下来翘起二郎腿，"轻松点儿，警长。坐下歇会儿。我们需要谈一谈。"

"我会在法庭上跟你谈。"

"不，"我说，"就在这儿谈。除非你带我去移民检察官那里去。"

"为什么要去见移民检察官？"他眯起眼睛努力做精明状，却看起来迷惑。"你是外国人?"

"我是原住民的儿子,"我说,"城里有移民检察官吗?"

"圣特雷莎没有。最近的在凡吐拉市的联邦办公室。为什么?"

"你跟他们有很多业务往来吗?"

"不少。如具我抓获了非法外国人,我将他交给他们。你在跟我玩花招,阿彻?"

"坐下,"我重复,"昨晚我没有找到我想要的东西,但是我找到了一样别的东西。它会让你和检察官很高兴。我将它作为免费的礼物无条件地送给你。"

他低下庞大的身体坐进了帆布椅子。他的愤怒突然消失了,被好奇所取代。"是什么?最好是个有价值的东西。"

我给他讲关于蓝色卡车、神殿里棕色皮肤的人、特洛伊、埃迪和克劳德的事情。"我很确定特洛伊是黑帮团伙的头儿,其他人为他工作。他们在墨西哥边界和贝克尔斯菲尔德地区之间定期运行秘密列车。南部的终点很可能是卡莱克西科。"

"对,"斯潘纳说,"那是穿越边界很容易的地点。一两个月前我和一个边界守卫去过那里。他们所做的只是从铁丝栅栏下爬过,从一条路来到另一条路上。"

"特洛伊的卡车会在那里等着接他们。他们将山里的神殿作为接收非法移民的站点。天知道那里曾接纳了多少人。昨晚那里有十二个左右。"

"他们还在那儿吗?"

"现在他们到了贝克尔斯菲尔德,但是应该不难抓到他们。如果你逮到了克劳德,我肯定他会交代的。"

"老天啊!"斯潘纳说,"如果他们一天晚上弄十二个人过来,那么一个月就是三百六十个。你知道他们付多少钱偷渡过来吗？"

"不知道。"

"一人一百块。这个特洛伊可赚大了。"

"肮脏的钱财，"我说，"用卡车运一堆可怜的印第安人，抢走他们的积蓄，听任他们成为移民劳工。"

他看着我，神情有点怪。"别忘了，他们也犯了法。除非他们有犯罪记录，否则我们不会起诉他们。我们只是把他们运回边界，放他们回去。但是特洛伊和他的团伙就不一样了。他们的行为可以判三十年。"

"很好。"我说。

"你知道他在洛杉矶的出没地点吗？"

"他经营了一个叫'疯狂钢琴'的地方，但是他不在那里露面。我已经告诉了你我所知道的。"除了两件事：我杀死的那个人，还有仍在等待埃迪的金发女子。

"你看起来还算诚实，"警长慢慢地说，"你可以忘记我刚才说的关于逮捕的事了。但如果我发现你是在耍花招的话，我会重新记起我说的话。"

我并没指望他会感谢我，但我已经满意了。

27

    我在车道上一棵桉树底下停了车。卡车的轮胎痕迹在土路上依然可见。前方的车道上有一辆绿色的 Ａ 型轿车，车身上落了尘土，背朝着栅栏柱停在那里。车子方向盘上的登记卡上的名字是：玛赛拉·芬奇夫人。

    昨夜的月光美化了这所白房子。在中午的阳光下，这房子看起来丑陋、恶毒、破旧——在蓝色大海背景的衬托下，它像是一摊污水。

    除了大海和山坡上的枯草随风轻摆之外，眼前死寂一片。我摸了摸枪托。干燥的尘土遮住了我留下的脚印。

    我敲门，门打开了一条缝。

    一个女人无力的声音问道，"是谁？"

    我站到一侧等待，以防她有枪。她提高了声音："有人在外面吗？"

    "埃迪。"我小声说。这个名字对埃迪已经没用了，但是要说出口并不容易。

    "埃迪？"她好奇地小声重复。

    我等待着。她沙沙的脚步声穿过地板。在我从屋内阴暗的光线中看到她的脸之前，她的右手抓住了门框。她红色的甲油斑驳脱落，手指甲很脏。我抓住了她的手。

"埃迪！"她从门缝里探头出来，阳光照得她睁不开眼，她满脸极度渴望的神情。然后她眨了眨眼，发现我不是埃迪。

十二个小时里她苍老了许多。她的眼睛肿胀，嘴角现出皱纹，下巴松弛。对埃迪的盼望耗尽了她的生命。她一下子暴怒了。

她的手指甲像鹦鹉的爪子陷入我手上的肉里。她粗哑的声音也像鹦鹉。"你这个肮脏的骗子！"

这咒骂狠狠地震撼了我，但好在这不是子弹。我抓住她的另一只手，将她推进屋里。我用脚跟踢上了门。她试图用膝盖踢我，咬我的脖子。我把她推到床上。

"我不想伤害你，玛茜。"

她张大嘴巴，冲着我尖叫，直到声音嘶哑。她将身体滚向床的一侧，用被子盖住自己。她的身体在极度的悲痛中悸动着。我站在旁边，听着她断续的尖叫。

屋内的光线透过肮脏的窗户，折射在被雨水污渍的墙壁以及破旧的家具上，呈现出灰色。床边一个使用电池的旧收音机上面，有几块手表和一包香烟。过了一会儿，她坐了起来，点燃了一根棕色的香烟，深深地吸起来。她的浴袍敞开着，好像她已不再关心自己松弛的乳房。

伴随着呼出的烟雾，她的声音平淡而不屑："我应该用尖叫声来对付警察。"

"我不是警察。"

"你知道我的名字。一早上我都在等待接受法律的制裁。"她看着我，脸上带着冷漠的兴趣。"你们这些浑蛋还能无耻到什么程度？你们打死了手无寸铁的埃迪，然后你跑来在门口声称自己是埃迪。

有一瞬间，你让我以为新闻广播是错的，或者你们这帮浑蛋又在虚张声势。你们还能无耻到什么地步？"

"不会比这些更糟了，"我说，"我以为你开门时会拿着枪。"

"我没有枪。我从来不带枪，埃迪也没有。如果昨晚埃迪带着枪的话，现在你不会在这里，在他的坟墓前欢欣跳舞。"她平淡的声音哽咽了，"也许我会在你的坟前跳华尔兹，警官。"

"安静一会儿，听我说。"

"非常乐意，非常乐意。"她的声音稍稍恢复了正常。"从现在开始全由你来说话。你可以将我铐起来，然后把钥匙扔掉。从我这儿你什么也得不到。"

"别犯傻了，玛茜。你给我理智点儿。"

她笑着往我的脸上吐着烟。我从她手中夺过吸了一半的烟，扔在地上用脚碾碎。她猩红的爪子扑向我的脸，我后退，她跌倒在床上。

"你肯定也参与其中了，玛茜。你知道埃迪在做什么？"

"我拒绝承认一切。他的工作是卡车司机。他从帝王谷往这边运豆子。"她突然站起来，扔掉了身上的浴袍。"把我带回总部，把这件事处理完。我会正式地否认一切。"

"我不为总部工作。"

她抬起胳膊往头上套一件裙子。她的身体收紧，乳房耸立，白色的腹部收缩着。她的体毛是黑色的。

"喜欢吗？"她说。她一把将裙子拽好，玩弄着领口的扣子。她一绺绺的金发垂在脸上。

"坐下，"我说，"我们哪儿都不去。我是来告诉你一件事。"

"你不是个警察吗？"

"你跟帕德勒一样喜欢重复说话。听我说，我要找到辛普森。我是个私家侦探,被雇佣来寻找他的下落。我只要他——你明白吗?如果你能把他交给我,我可以保证你的清白。"

"你这个肮脏的骗子。"她说,"我不信任警察,不管是私家的还是别的什么警察。不管怎样,我不知道辛普森在哪里。"

我仔细观察她棕色的鸟一样的眼睛。她的目光浅薄空洞,我无法判断她是否在说谎。

"你不知道辛普森在哪里——"

"我说了我不知道。"

"但是你知道有谁知道他的下落。"

她坐到床上。"我说过,我什么都不知道。"

"埃迪不是自己行动的。他一定有同伙。"

"他是自己行动的。如果他不是——你认为我会透露信息吗?在他们对埃迪做出那种事情之后,我还会跟警察合作吗?"

我在油桶做的椅子上坐下,点燃了一根烟。"让我告诉你一件有意思的事。埃迪被打死时我在场。两英里范围内没有一个警察——除非你把我算一个。"

"你杀死了他?"她淡淡地问。

"我没有。他在一条旁路上停了车将钱交给了另一辆车上的人。那是辆米色的敞篷跑车。车里有一个女人。她开枪打死了他。那个女人现在会在哪里?"

她的眼睛湿润,像棕色的鹅卵石一样闪着光。她红色的舌尖舔着上下嘴唇。"自从她开始贩毒,"她自言自语道,"他们就总是找我们的麻烦。"

"你就打算坐在这里接受这个现实吗,玛茜?她在哪里?"

"我不知道你说的是谁?"

"贝蒂·弗雷利。"我说。

她沉静了很长时间，然后重复："我不知道你说的是谁。"

她坐在床上。我离开了，开车回到"角落"。我把车停在停车场里，将挡风玻璃上的遮阳板拉下来。她认得我，但不认得我的车。

半个小时过去了，白滩方向的路一直没有车过来。然后远方扬起一阵尘土，一辆A型轿车随之出现了。在轿车向南转弯朝洛杉矶的方向驶去之际，我看到了一张浓妆艳抹的脸、一抹灰色的裘皮和一顶点缀着明亮蓝色羽毛的歪戴着的帽子。华服、化妆品和半个小时的精心打扮让玛茜变化不少。

两三辆车驶过后，我驶上了高速路。A型车的极速不超过五十英里，很容易就能将它保持在视线之内。燥热的天气，开在自己再熟悉不过的路上，要保持清醒真不容易。在快到洛杉矶时，路上的车多了起来，我缩短了与她之间的距离。

A型轿车在日落大道驶离高速，一刻不停地向宝马山花园驶去。在圣塔莫尼卡山下的山坡上，它开始费力地爬升，尾气因燃烧机油变成深蓝色。在比弗利山的边界，它突然离开大道消失了。

我跟随着它驶上一条两边都是树篱的曲折道路。A型车停在了通往一条碎石路的入口处的月桂树篱后面。在我经过的瞬间，我看到玛茜穿过草坪朝着一个被夹竹桃遮蔽的长长的砖墙门廊走去。她好像被某种致命的能量助推着向前冲去。

28

我在下一条车道转弯,将车停在路肩上,等待着郊区的寂静被打破。时间一分一秒地过去,时刻隐藏着危机,好像一堆高高堆起的扑克牌筹码。

当那辆福特车的引擎启动时,我正开着车门,一只脚踩在地上。我收回腿,坐到方向盘前。福特车引擎咆哮、换挡,然后声音消失了。这时传来一个更低沉的声音,那辆黑色的别克从车道里倒了出来。驾车的是一个我不认识的男子。他满是横肉的脸上那一双小眼睛仿佛葡萄干嵌在了未烘烤的面团上。玛茜坐在副驾驶的位置。车的后窗挂着灵车一样灰色的帘子。

别克车在大道上又朝海的方向往回驶。我尽可能地紧紧跟随。在布伦特伍德和宝马山花园之间,它向右转,爬上一条通往峡谷的路。我有种感觉,辛普森案件离水落石出已经不远了。我们已经越来越接近最终的真相。

道路修建在峡谷西侧的山坡上。道路两旁没有护栏,下方是乱蓬蓬的杂草。我左侧路的上方错落有致地分布着一座座房子。这些房子看起来很新。对面的山坡上则除了栎树林,一片荒芜。

在一段升起的路面的顶端,我瞥到别克车正往下一座山的山顶爬升。我加速下山，驶过一座架在干涸峡谷上的狭窄石桥，继续跟着它开始爬山。它在山的另一边速度慢了下来，像一只身体沉重的黑色甲壳虫，在自己不熟悉的地域摸索方向。一条车辙压出的小道从右侧伸出。甲壳虫停顿一下驶了上去。

我将车停在一棵树下，从上面望下来，树遮住了车身的一半。我看着别克渐渐在那条小道上驶远。当它小到跟真实甲虫差不多大时，它在一所火柴盒大小的黄色房子前停下来。一个火柴棍一样瘦的黑发女人从房子里走了出来。车上下来两男两女，将第一个女人团团围住。然后五个人全部走进屋子，像一只长着很多条腿的虫子。

我离开车子，穿过低矮的灌木丛来到峡谷底部干涸的河床。河床在巨石堆中蜿蜒，不时有小蜥蜴被我吓到，惊惶逃脱。河岸上多节的树木将我遮蔽起来，黄色房子里的人看不到我。我径直来到房子的后面。那是一座未经粉刷的木房子，它的后部建在粗矮的石柱上。

屋内一个女人在一遍遍大声地尖叫着。叫声刺激着我的神经，但我还是很感激这叫声，因为它掩盖了我爬上河岸在房子下爬行的声响。过了一会儿，那尖叫声渐渐消失了。我平躺着，听着上面地板上杂乱的脚步移动声。房子下面的寂静仿佛是在等待着另一轮尖叫的响起。我闻到新鲜松树、潮湿泥土的味道，还有自己酸臭的汗味。

我的脑袋上方传来一个轻柔的声音："你不太了解情况。你好像认为我们的动机纯粹是虐待或报复。当然，如果我们的动机确实是报复的话，你的行为是可以理解的。"

"老天啊，不要吵了！"这是艾斯塔布鲁克的声音。"这样不能解决问题。"

"如果你不介意的话，让我把话说清楚。我的意思是，贝蒂，你的行为非常可耻。你不跟我商量就擅自行事，这是我的员工所不被允许的行为。更糟糕的是,你行为草率,并且犯下严重错误。警察现在正在寻找你和我,还有费伊和路易斯。还有,你竟拿我一个优秀的同事作为你可耻的小把戏的牺牲品。最令人无法忍受的是,你杀死的是你的哥哥埃迪·拉斯特,这足以表明你是多么缺少团队精神和手足情谊。"

"我们知道你善于言辞,"费伊·艾斯塔布鲁克说,"快住嘴吧,特洛伊。"

"我没有杀死他。"一个痛苦的声音说道。

"你说谎!"玛茜吼道。

特洛伊提高了嗓门:"你们都安静点。我们将过往不究,贝蒂——"

"如果你不杀了她,那么我来。"玛茜说。

"别胡闹,玛茜。你要照我的话去做。我们有机会重归于好,我们不能让自己的激动情绪毁了这机会。这就是我们为什么要在这里的原因,不是吗,贝蒂?我现在不知道钱在哪里,当然我会知道的。如果你告诉我,那你就没事了。所以,快开口吧。"

"她不配活着,"玛茜说,"如果你不杀了她,我发誓我会的!"

费伊轻蔑地笑了。"亲爱的,你还没这个胆子。如果你有勇气自己对付她,你不会召集我们过来。"

"你们两个都住嘴。"特洛伊的声音再次变得轻柔,"你知道我能处理玛茜,对不对,贝蒂?我想你现在知道我甚至能处理你。你最好现在就交代,不然,你的下场会很惨。我可以保证你再也无法走路。"

"我不会说的。"她说。

"但是如果你决定合作,"特洛伊继续平静地说,"把集体的利益放在你的私利之上,我肯定大家都会乐于帮助你的。事实上,我们今晚就可以把你送出国。你知道我和路易斯可以帮你做到。"

"你不会那样做的,"她说,"我了解你,特洛伊。"

"那就更多地了解我一下吧,亲爱的。脱下她的另一只鞋。"

她的身体在地板上扭动。我能听到她的呼吸声。一只脱落的鞋敲打着地板。我计算着我来了结此事的几率,他们有四个人,我只有一支枪。而且贝蒂·弗雷利必须活着出来。

特洛伊说:"让我们测试一下所谓的'足底反射'吧。"

"我不喜欢这样做。"费伊说。

"我也不喜欢,亲爱的。我其实憎恶这样,但贝蒂太顽固了。"

片刻的寂静仿佛随时等待破裂的薄膜。然后又传来了尖叫声。叫声停止时,我发现自己的牙齿已咬进泥土里。

"你的足底反射很正常,"特洛伊说,"可惜你的舌头没这么好。"

"如果我告诉你,你会让我走吗?"

"我保证。"

"你保证?"她深深地叹气。

"我希望你能相信我的话,贝蒂。我不喜欢伤害你,你也不可能喜欢被折磨。"

"那么让我起来,让我坐起来。"

"当然,亲爱的。"

"钱在纳斯维塔汽车站的储物柜里。钥匙在我包里。"

一离开那所房子的视线范围,我就开始跌足狂奔。当我到达我的车前时,那辆别克仍停在我下方的车道里。我将车倒下山,来到石桥处,然后来到桥另一边的半山腰。我一脚踩着离合器,另一脚踩着刹车,等待着别克车的动静。

许久之后,我听到山另一侧汽车引擎的发动声。我挂上挡,在低处前行。别克车镀铬的外壳在山顶的阳光下泛着光。我驶在路的正中央,在桥上与它相遇。在汽车喇叭的狂鸣和急促的刹车声中,那辆大车在离我的车保险杠五英尺的地方停了下来,我猛地冲出座位。

那个叫路易斯的男人坐在方向盘前怒视着我,他肥胖的脸因愤怒而变形。我打开他身侧的门,向他亮出了枪。他身旁的费伊·艾斯塔布鲁克发出愤怒的尖叫。

"下车!"我说。

路易斯一脚踩地,向我扑过来。我退后。"小心,双手放在头上。"

他举起双手,走下来。他的一根手指上祖母绿的戒指闪着光。他宽大的臀部在米色的华达呢西装下摆动着。

"你也是,费伊。这边走。"

她下车,踩着高跟鞋使她步履蹒跚。

"现在转过身去。"

他们小心翼翼地转过身去,一边回头观察我。

我用枪把猛击路易斯的后脑勺,他跪着倒下去,脸轻轻地着地。费伊蜷缩着,用手护着脑袋。她的帽子邋遢地滑下来,遮住了她的一只眼睛。地上长长的身影映着她的一举一动。

"把他放到后座上。"我说。

"你这个鬼鬼祟祟的浑蛋!"她说。然后她开始不停地咒骂我,她的双颊通红,仿佛擦不掉的胭脂。

"快点儿。"

"我搬不动他。"

"照我说的去做。"我向她靠近一步。

她狠狠地朝地上的人弯下腰。他一动不动,身体沉重。她将双手放在他腋窝下,举起他的上半身,将他拖向车里。我打开车门,我们两人一起将他抛进车里。

她站起来大口地喘着气,脸色都变了。阳光灿烂的山谷里一派纯朴和寂静,与我们的所作所为不甚相称。我似乎可以从上方看到我们两个人——阳光下缩小的人影,满脑子想的都是暴力和金钱。

"现在把钥匙给我。"

"钥匙?"她夸张地皱起眉头,她的脸像是一幅漫画。"什么钥匙?"

"储物柜的钥匙,费伊。快点儿。"

"我什么钥匙也没有。"但是她的目光却不易觉察地瞥了一眼别克车的前座。

座位上有一个黑色的小羊皮钱包。钥匙在那里面。我把它拿过来装进了我的皮夹子。

"上车,"我说,"不,是驾驶员那边。你来开车。"

她按着我说的去做。我跟着她上了车。路易斯倒在后座远端的一角。他的眼睛半张着,但是他的瞳仁里空洞无物。他的脸比任何时候看来都更像一块面团。

"我无法越过你的车。"费伊暴躁地说。

"将车倒上山去。"

她猛地挂上了倒挡。

"不要这么快,"我说,"如果我们遇上车祸,那么你死定了。"

她一面诅咒我,一面慢下了车子。她谨慎地将车子倒上山,然后下到山的另一边。在小路的入口处,我让她转弯朝那座房子开过去。

"慢慢地小心驾驶,费伊。手不要放在喇叭上。没有脊柱的日子可不好过。双子座的人一向是铁石心肠。"

我用枪口抵着她的后颈。她瑟缩了一下,车子向前开去。我靠在路易斯身上,将右侧的后车窗玻璃放下来。小道通往房子前的一小块空地。

"左转,"我说,"在门前停车。然后设置紧急报警。"

房子的门向内敞开。我伸出脑袋。再推开一些,我看到特洛伊在走廊里,他的右手放在门框上,指关节突出。我瞄准他开枪。在二十英尺外,我能看到子弹在他右手的第一二个指关节之间留下的痕迹,像是一只胖胖的红色昆虫一下子点亮了。

在他举起左手去拿身体另一侧的枪之前,他有一瞬间无法动弹,这时间足够我来到他面前,再次使用我的枪把。他坐到了门阶上,一头银发的脑袋垂到两膝之间。

我的身后传来了别克引擎的轰鸣声。我跑去追费伊,在她调转车头之前拦住了车子。我拽着她的肩膀将她拖出车子。她试图向我吐唾沫,结果口水粘在了自己的下巴上。

"我们进去,"我说,"你在前面。"

她近乎是酩酊大醉般地走着,脚下磕磕绊绊。特洛伊滑落到走廊外面,蜷缩在狭窄的门廊里,一动不动。我们从他身上迈过去。

房间里仍弥漫着肉体被炙烤的气味。贝蒂·弗雷利躺在地上,玛茜伏在她的喉咙上方,像一只忧虑的小狗。我推开玛茜。她对我怒目而视,但是没有试图站起来。我用枪指着费伊,示意她站到角落里,跟玛茜待在一起。

贝蒂·弗雷利坐起来,她喉咙里呼噜呼噜地喘着气。她一侧的脸,从发际到下巴有四条平行的擦伤正滴着血。她的另半边脸白里透黄。

"你看上去很美。"我说。

"你是谁?"她盯着我,声音平淡。

"这不重要。在我杀死这些人之前,让我们离开这里。"

"我很乐意这样做。"她说。她试图站起身，但却手膝着地向前跌倒。"我走不了路。"

我抱起她。她的身体轻盈而坚硬，好像一根干枯的棍子。她的脑袋垂在我臂弯里。我感觉自己像是抱着一个邪恶的孩子。玛茜和费伊在角落里望着我。这一刻我意识到邪恶原是一种女性品质，是女人酿造的毒药，她们将此传染给了男人。

我抱着贝蒂出去来到车前，将她放在前座上。我打开后车门，将路易斯放到地上。他蓝色的厚嘴唇上带着泡沫，伴随着他浅浅的呼吸被吸进呼出。

"谢谢你，"在我坐到方向盘前时，她小声说，"你救了我的命，如果这还算重要的话。"

"这并不是很重要，但是你得报答我。代价是十万美元——还有辛普森。"

29

我将别克停在上桥处的路上然后拿走了车钥匙。当我从车座上抱起贝蒂·弗雷利时,她把右胳膊放到我肩上。我能感到后颈上她纤细的手指。

"你很强壮,"她说,"你是阿彻,对不对?"她抬头看着我,脸上露出猫一样淘气的无辜。她不知道自己的脸上还有血迹。

"你应该记得我。把你的手拿开,不然我就把你扔在地上。"

她垂下眼睛。我开始倒车时她突然喊道:"那他们怎么办?"

"我们没有地方给他们。"

"你打算让他们跑掉?"

"你认为我给他们定什么罪?故意伤害罪?"我在路上找到一块广阔地带,于是调转车子,向日落大道驶去。

她捏我的胳膊。"我们必须回去。"

"我告诉你把手拿开。我跟他们一样不喜欢你对埃迪的所作所为。"

"但是他们拿了我的东西。"

"不,"我说,"在我这儿,它不再属于你了。"

"钥匙吗?"

"对。"

她重重地瘫在座位上,好像脊梁已经塌了。"你不能放他们走,"她阴郁地说,"他们这样对待我。如果你让特洛伊逃掉,他一定会为今天的事报复你的。"

"我不这样认为,"我说,"别管他们了,想想你自己吧。"

"我没有未来,因此也不用担心,不是吗?"

"我要先见到辛普森,然后我再决定。"

"我带你去见他。"

"他在哪儿?"

"离他家不远的地方。他在离圣特雷莎约四十英里的海滩上的一处地方。"

"是真的吗?"

"是的,阿彻。但是你不会让我走,你也不会拿走钱,对不对?"

"不是从你那儿拿。"

"为什么呢?"她咬牙切齿地说,"你已经拥有我的十万美元。"

"我是为辛普森一家工作的。他们会得到钱。"

"他们并不需要钱。你为什么不聪明点儿,阿彻?跟我做这事的还有一个人,他跟埃迪的死无关。为什么你不拿了钱,跟这个人分呢?"

"这个男人是谁?"

"我并没说他是个男人。"她的声音已经从玛茜手指的压力下恢复过来,她用小女孩的声调说。

"你不会跟一个女人合作的。这男人是谁?"她不知道塔格特已经死了,现在告诉她还不是时候。

"算了。我想了一下觉得我还是无法信任你。我一定是昏了头。"

"也许是吧。你还没告诉我辛普森在哪里。你时间拖得越久,我就越不想帮你什么忙。"

"他在纳维斯塔北边约十英里的海滩上的一个地方。那儿曾是战争期间关闭了的一个沙滩俱乐部的更衣室。"

"他还活着吗?"

"昨天他还活着。头一天他因为使用的麻醉剂而生病了。但他现在没事了。"

"你是说他昨天没事了。他被绑起来了?"

"我没见过他。是埃迪干的。"

"我猜你们把他留在那里快要饿死了。"

"我不能去那儿,他认得我。他不认识埃迪。"

"而埃迪出了意外。"

"不,是我杀了他。"她几乎是得意扬扬地说,"但你也许永远也没办法证明。我开枪时想的并不是辛普森。"

"你想的是钱,对不对?这样就是两个人分,而不是三个人分了。"

"我承认那是部分原因,但只是部分原因。我小时候埃迪一直欺负我。等我终于自立,将有个好前程时,他逼我干了这行。我只是吸毒,但他贩毒。他向政府出卖了我,自己因此得到从轻处罚。正当他得意扬扬之际,我杀了他。也许他对此并不太感到意外,他跟玛茜说了我的下落,让她情况不妙时来找我。"

"法网恢恢啊,"我说,"绑架不会不被报应。尤其当绑架者开始自相残杀时。"

我驶上大道,在遇到的第一个加油站前停下来。她看着我拔下车钥匙。

"你要做什么?"

"打电话叫人救辛普森。他或许快死了,我们需要一到一个半小时才能到那儿。那个地方有名字吗?"

"那里曾是日盛沙滩俱乐部,是一座绿色的长条建筑。从高速上能看到它,在靠近沙滩尽头的一角上。"

我第一次可以肯定她讲的是真话。趁加油站的工作人员往我车的油箱里加油的时候,我用那里的付费电话叫通了圣特雷莎。我可以从窗子里看到贝蒂·弗雷利。

接电话的是费利克斯。"这里是辛普森家。"

"我是阿彻。格雷夫斯先生在吗?"

"在,先生。我去叫他。"

格雷夫斯拿起电话,问:"你到底跑哪儿去了?"

"洛杉矶。辛普森还活着,至少昨天他还活着。他被关在一个叫日盛沙滩俱乐部的更衣室里。你知道那个地方吗?"

"知道。它已经停业多年了。我知道它的位置,在纳维斯塔北面的高速路边。"

"尽快带着紧急救护和食物赶到那里。你最好带医生和警长一块儿过去。"

"他情况很糟吗?"

"我不知道。从昨天至今他一直一个人在那儿。我也会尽快赶到的。"

我挂掉了格雷夫斯的电话,接着给彼得·科尔顿打。他仍在值班。

"我有东西送给你,"我说,"一半是你的,另一半是司法部的。"

"无疑又是一桩麻烦事。"他听到我的声音似乎不高兴,"辛普森的这个案子真是本世纪最离奇的案子。"

"它以前是的,但今天我要了结了它。"

他声音一下子变了:"请你再说一遍。"

"我知道辛普森的下落,而且我现在跟还活着的最后一个绑架者在一起。"

"别再装模作样了,看在老天爷的份儿上。他在哪里?"

"不在你的辖区,在圣特雷莎县。圣特雷莎的警长正在去那儿的路上。"

"原来你是打电话过来炫耀的,你这个自以为是的浑蛋。我以为你有东西给我和司法部。"

"不错,但跟绑架案无关。辛普森没有被带出州界,因此联邦调查局无法介入。但是这案子有个副产品。往日落大道方向,在布伦特伍德和帕利塞兹之间有一个峡谷。通往峡谷的路叫霍普金斯路。进去五英里处,路中央有辆黑色别克轿车,沿着那条路前方有一所房子,里面有四个人。其中的一个是特洛伊。虽然司法部可能并不知道,但这是他们要找的四个人。"

"他们犯了什么罪?"

"偷渡非法移民。我很忙,我说得够清楚了吧?"

"暂时够了,"他说,"霍普金斯路?"

当我回到车里时,贝蒂·弗雷利茫然地看着我。她的眼睛像毒蛇出洞一样很快换了神色。"现在我们怎么办,小伙计?"她说。

"我刚帮了你个忙。我给警察打了电话去抓特洛伊他们。"

"还有我吗?"

"我没有告发你。"我沿着日落大道朝一〇一国道开去。

"我会作为证人提供证据。"她说。

"你不必那样做。我自己就可以证明。"

"关于偷渡移民吗?"

"对。特洛伊让我很失望。对一个看似绅士的坏蛋来说,拿卡车偷运墨西哥移民实在不是什么高明的招数。他应该做的是把好莱坞露天剧场卖给那些来访的消防员。"

"他获利很多,而且他是两头得利。那帮可怜的偷渡者要付给他钱,然后他高价把他们卖到农场。墨西哥人不知道他们被利用,成为罢工的破坏者。特洛伊也因此得到了当地警察的包庇。路易斯则在另一头贿赂了墨西哥政府的人。"

"辛普森也从特洛伊手里买过罢工的破坏者吗?"

"是的,但是你无法证明。辛普森很谨慎,避免自己牵扯进去。"

"他还是不够小心,"我说。她沉默了。

当我在高速上转向北时,我注意到她的脸上露出痛苦的表情。"储物箱里有一品脱威士忌,你可以用它来擦拭烧伤和你脸上的划痕。你也可以喝了它。"

她采纳了我的两种建议,然后把打开口的瓶子递给我。

"我不需要这个。"

"因为我先喝了吗?我所有的疾病都是精神上的。"

"把它拿走。"

"你不喜欢我,对不对?"

"我不喜欢瘾君子。并不是说你一无是处,你似乎有点脑子,虽然只是一点点而已。"

"谢谢你,我聪明的朋友。"

"你干这行也有一阵子了。"

"我不是处女,如果这是你的意思的话。十一岁起就不是了。那时埃迪是为了钱。但我从来没有以此为生,是音乐使我免受此辱。"

"可惜音乐没能让你免受这个。"

"我尝试了,但没有成功。可你为什么以为我会在意呢?"

"因为你在意一个人。你希望他能拿到钱,不论你发生了什么。"

"我说过别再提这个话题。"停了一下,她接着说,"你可以放我走,钱归你。你不会再有机会能拥有十万美元了。"

"你也不会。艾伦·塔格特也不会。"

她发出一声惊讶的呻吟。当她的声音恢复后,她充满敌意地说:"你在开玩笑吧。关于塔格特,你都知道什么?"

"他告诉我了一切。"

"我不相信。他什么都没有告诉你。"她接着改口说:"他什么都不知道,没有什么可告诉你的。"

"但是他有。"

"他出事了吗?"

"他死了。像埃迪一样,他脑袋上挨了枪子儿。"

她想张嘴说话,但是要说的话被急遽的哭声打断了——先是持续的呜咽,紧接着是长时间的抽泣。过了很久,她小声说:"你为什么不早告诉我他死了?"

"你没有问我。你深爱着他吗?"

"是,"她说,"我们彼此深爱。"

"如果你如此爱他,那么为什么要把他拖入这样的事情?"

"我没有拖他进来。他自己要做的。我们打算一起出走的。"

"然后从此过上幸福的生活。"

"我没有心情听你的玩笑。"

"关于年轻爱情的梦想——可我不相信这是你的梦想,贝蒂。他是个男孩,但你是个老女人——就经验而言。我认为是你引诱了他。你需要个线人,他是个容易的目标。"

"不是这样子的。"她的声音出人意料地轻柔,"我们在一起有半年时间了。'疯狂钢琴'开业一周左右,他跟辛普森去那里。我对他一见钟情,他对我也是。但是我们都身无分文。我们必须有钱才能获得各自的自由。"

"显然辛普森是钱的来源。绑架是显然的方法。"

"你不必在辛普森身上浪费同情心。但是最初我们有其他计划。艾伦本打算娶他的女儿,这样辛普森就会为他赎身。但是辛普森自己破坏了计划。一天晚上,辛普森将他在瓦莱利奥的房子借给艾伦。半夜的时候,我们看到辛普森站在卧室的帘子后面偷窥我们。那之后,辛普森对他女儿说如果她嫁给艾伦,他将切断她的经济来源。他也打算解雇艾伦,只因为我们对他的事情知道太多了。"

"你为什么不勒索他呢?那才是你擅长的。"

"我们想过,但是他太强大,我们不是他的对手,而且他有全州最棒的律师。虽然我们掌握很多他的情况,但要证明他有罪并不容易。比如山里的那座神殿,我们怎么能够证明辛普森、克劳德和费伊对它的真实用途呢?"

"如果你这么了解辛普森,"我说,"他最喜欢做什么?"

"这是个难以回答的问题。我以前认为他有同性恋倾向,但我不确定。他老了,我猜他感觉快被淘汰。他追寻一切可以让他重振雄风的东西:占星术、各种奇怪的性行为,任何事情。他唯一在乎的是他的女儿。我认为他明白她爱上了塔格特,因此他永远不会原谅艾伦。"

"艾伦也应该爱上她的。"我说。

"你这样认为?"她的声音嘶哑了。她再次开口说话时,声音小而谦卑:"我没有给他带来任何好处。我知道,你不必提醒我。但我无法控制自己，他也是。他是怎么死的，阿彻？"

"他被逼上绝路，试图开枪逃脱。有人先开了枪，那个人叫格雷夫斯。"

"我想见见那个人。你说过艾伦跟你讲了一些事情。他没有那样做，对吗？"

"他没有提到你。"

"我很高兴，"她说，"他现在哪里？"

"圣特雷莎的停尸房。"

"我希望自己能再见他一次。"

她说话的声音如同梦游一般轻柔，之后我们不再说话。落日的余晖投下长长的影子，如同她梦里的阴影。

30

我减慢车速往纳维斯塔开去时，暮色已经降临，让建筑物看起来没那么难看，大道两旁的灯光开始亮起。我看到汽车站上停着的灰狗客车的灯光，我没有停车。高速路在镇子之外几英里处与海岸线汇合，在杳无人烟的海滩上方的悬崖上蜿蜒前行。最后一缕灰色的日光落在海面上，很快不见了。

"就是这里了。"贝蒂·弗雷利说。她一直非常安静，我几乎忘了她就坐在我旁边的座位上。

我将车停在离十字路口不远处的沥青路肩上。在近海的一侧，路倾斜着向下通往海滩。角落的一个年久褪色的广告牌上宣传着一座诱人的沙滩建筑，但是视野内看不到房子。我可以看到那座年久的海滩俱乐部——在高速路下方两百码处的一堆建筑物。建筑物高低起伏，平淡的颜色与白光闪闪的沙滩形成鲜明对比。

"车子不可以开下去，"她说，"底下的路给冲毁了。"

"我以为你没来过这里。"

"上周以后就没再来过。当埃迪发现这里时，我跟他一块儿来看过。辛普森在男更衣间那边的一所小房子里。"

"他最好在那儿。"

我把她留在车里，拿走了车钥匙。我走下去，路渐渐变窄成为凹凸不平的黏土路，路的两边是被腐蚀的深深的沟渠。第一座建筑前的木制平台已经扭曲了，我能感到脚下从裂缝里生长出来的一丛丛野草。屋檐下的窗户很高，里面一片漆黑。

我用手电筒照着中间两扇一模一样的门，一扇门上印着"男士"，另一扇门上印着"女士"。右边印着"男士"的那扇门半开着。我推开门，不抱太多希望。里面看起来空旷、沉寂。除了无休止的水声，这里没有生命的迹象。

不见辛普森的踪影，也看不到格雷夫斯。我看表，已经差一刻七点钟了。离我给格雷夫斯打电话已经过去一个多小时了。从卡布里罗峡谷到这儿有四十五英里，他有足够的时间开过来。我担心他和警长是不是出了什么事。

我用手电筒照亮地板，上面覆盖着棕色的沙子和陈年的碎石。我对面是一排胶合板做的紧闭的门。正当我向前迈出一步时，身后有人飞快的移动，我来不及转身。"遭埋伏了！"是我失去意识前最后闪过的念头。

"被骗了。"是我恢复清醒后的第一反应。一盏电灯惨白的光芒从上方照着我，我的第一冲动是站起来打一架。阿尔伯特·格雷夫斯低沉的声音阻止了我。

"你怎么了？"

他放低电灯，在我身旁蹲下来。"你能站起来吗，卢？"

"可以。"但是我仍呆在地上不动。"你来晚了。"

"在夜里找这个地方，我遇到了点麻烦。"

"警长在哪儿？你也没能找到他吗？"

"他出去办案了，把一个偏执狂送到县医院。我给他留了言，让他跟着来这里并带个医生过来。我不愿意浪费时间。"

"但我感觉你已经浪费了很多时间。"

"我以为我认得这地方,但我一定是开过了。快到纳维斯塔时我才意识到。当我往回开的时候,我又不认识路了。"

"你难道没有看到我的车吗?"

"在哪里?"

我坐起身来。我的脑袋一阵阵眩晕,像挂坠在前后摆动。"就在上面的角落。"

"我的车就停在那里。我没有看见你的车。"

我伸手摸车钥匙,它们还在我的口袋里。"你肯定吗?他们没有拿走车钥匙。"

"你的车不在那儿,卢。他们是谁?"

"贝蒂·弗雷利还有那个把我打晕了的人。一定还有第四个人在看守着辛普森。"我告诉他我是怎么来到这里的。

"你不该把她留在车里。"他说。

"两天里三次挨打,我头脑已经迟钝了。"

我站起来,两腿发软。他让我靠着他的肩膀,但我选择倚在墙上。

他举起电灯,说:"让我看看你的脑袋。"他神色忧虑,闪烁的灯光下,他宽阔的脸上满是皱纹。他看起来沉重而苍老。

"以后再看吧。"我说。

我捡起手电筒,向那排门走去。在第二扇门后发现了辛普森。他肥胖的身体倒在紧靠小隔间后墙的长凳上。他的脑袋直立地倚在角落里,张开的眼睛里布满血丝。

格雷夫斯从我身后挤过来。"老天啊!"

我把手电筒交给他,然后俯下身子查看辛普森。他的手脚被四分之一英寸的绳子绑在一起。绳子的一头被钉在墙上,另一头绕过辛普森的脖子,在他左耳下打了一个死结。我将手伸到他背后摸他被捆起的手腕。他的手还不冷,但是已没有了脉搏。他布满血丝的眼睛里是不对称的瞳仁,肥胖僵直的脚腕上穿着黄红绿三色鲜艳的格子袜,这情景令人哀伤。

格雷夫斯呼出一口气问:"他死了吗?"

"是的,"我感到极度地失望,然后是疲惫,"我到这儿的时候他一定还活着。我昏迷了多久?"

"现在是七点一刻了。"

"我差一刻七点到这儿的。他们逃走半个小时了。我们得赶紧行动。"

"把辛普森留在这里?"

"对。警察会希望这样处理。"

我们将他留在黑暗的房子里。我鼓起最后的气力爬上山去。我的车不见了。格雷夫斯的斯图贝克停在十字路口的另一边。

"往哪个方向?"他说,一面坐到方向盘前。

"纳维斯塔。我们去找高速巡警。"

我查看钱包,以为储物柜的钥匙应该不在了。但是钥匙还在那儿,夹在放卡片的格子里。那个将我打晕了的人没来得及跟贝蒂·弗雷利交换意见。或者他们决定逃跑,而放弃钱财。但是这似乎不太可能。

当我们越过城镇边界时,我对格雷夫斯说:"把我放在汽车站。"

"为什么?"

我告诉他原因,然后补充道:"如果钱在那里,他们可能会回来拿。如果钱不在,也许意味着他们是沿这条路来的,然后撬柜子拿走了钱。你先去找高速巡警,然后再来接我。"

他在汽车站前红色的路崖旁将我放下车。我站在玻璃门外,向里面观望着巨大的正方形的候车室。三四个身穿工装裤的男人无精打采地靠在破烂的长凳上看着报纸。几个老年男子,在荧光灯的照射下更显年迈,正靠在贴满海报的墙上,互相交谈着。一个角落里坐着一家墨西哥人——父亲、母亲和几个孩子,整整组成了一支六人的足球队。候车室后方时钟下面的售票亭里坐着一个身穿夏威夷花衬衫的满脸青春痘的年轻人。左边是一个卖多纳圈的柜台,后面是一个身穿制服的金发胖女人。那排绿色的金属储物柜靠在右侧的墙上。

候车室里没有人露出我所寻找的紧张神情。他们等待的都是寻常的事物:晚饭、汽车、周六的夜晚、养老金支票,或是自然地死在床上。

我推开玻璃门,穿过撒满烟头的地板,走向储物柜。我要找的号码贴在钥匙上:二十八号。当我把钥匙插入锁孔时,我环顾四周。卖多纳圈的女人冰冷的蓝眼睛漠然地望着我。除此之外,没有人对我感兴趣。

储物柜里有一个红色的帆布沙滩包。我把它拎出来时,听到了里面钞票的摩擦声。我在最近的没人的长凳上坐下,打开包。里面棕色的纸包的一端被撕开了,我用手指触摸崭新的纸钞坚硬的边角。

我将包夹在胳膊下。来到多纳圈柜台买一杯咖啡。

"你知道你的衬衫上沾着血吗?"金发女人说。

"知道。我喜欢这样。"

她仔细打量我,好像怀疑我是否有支付能力。我忍住给她一张百元大钞的冲动。她递给我盛在厚瓷杯里的咖啡。

我边喝咖啡,边注视着门口。我用左手端着杯子,右手随时准备掏出枪。售票厅上方的电时钟指针缓慢地移动。一辆汽车抵达然后出发。候车室里的人群骚动。到了差十分钟八点时,时间已晚,我不再指望他们会出现了。他们可能放弃了钱或逃跑了。

格雷夫斯出现在门口,使劲地朝我打手势。我放下杯子跟着他出去。他的车跟另一辆车并排停在街道对面。

"他们撞毁了你的车,"在便道上他对我说,"地点大约在北面十五英里处。"

"他们逃走了吗?"

"很显然其中一人逃走了。但是那个叫弗雷利的女人死了。"

"另一个人呢?"

"高速巡警还不知道。他们手上有的只是第一份无线电报告。"

我们用了不到十五分钟行驶了十五英里。一堆停着的车子和车灯照耀下黑白卡通一样的人影告诉我们地方到了。格雷夫斯在一个手拿红光手电筒冲我们挥舞的警察面前停了车。

我站在车辆的脚踏板上,可以看到那一圈车子围着的聚光灯照亮地带的边缘。我的车躺在那里,车的前部被撞塌了。我跑上前去,用胳膊推开人群走近那堆残骸。

一名肤色黝黑、满脸皱纹的高速巡警一手拍在我的肩膀上。我甩开他。"这是我的车。"

他眯起眼睛打量我,被太阳曝晒形成的皱纹一直延伸到他的两耳根,"你确定吗?你叫什么名字?"

"阿彻。"

"好吧,这确实是你的车,它的注册车主是你。"他大声呼唤一个站在摩托车旁的年轻巡警,"过来,奥利!是这个人的车。"

人群里又一阵骚动,目标转向我。当围得水泄不通的人群从撞毁的车子前散开时,我看到了地上的车的残骸旁,在毯子下盖着一具尸体。我从两个围观的女人中间挤了进去,掀开了毯子的一角。下面的尸体已没有人形,但我认得那衣服。

一小时内连续两具尸体,我承受不住,开始呕吐起来,直到我吐光了胃里的所有食物,除了咖啡——我的口腔里全是苦的味道。两个巡警等待着,直到我可以开口讲话。

"这女人偷了你的车?"年长的一位问。

"是的,她的名字叫贝蒂·弗雷利。"

"办公室说她是通缉犯。"

"没错。但另外一个人发生了什么?"

"什么另外一个人?"

"有个人跟她在车上。"

"车撞毁的时候并没有另外一个人在车上。"年轻的那个巡警说。

"你肯定吗?"

"我敢肯定。我看着事故发生的。某种程度上我得对这起事故负责。"

"不,不,奥利。"年长的那位把手放在奥利的肩上,"你做得没错。没有人会责怪你。"

"但无论如何,"奥利不假思索地说,"我很高兴这是辆旧车。"

我感到恼火。这跑车虽然上过保险,但很难被取代,而且,我对它有那种骑师对马的感情。

"到底发生了什么?"我不耐烦地问他。

"我在离这儿以南五十英里处从南往北驾车巡逻,这位女士开着车从我身边风驰电掣地开过去,好像我原地不动一般。我于是开始追逐。我开到九十英里的速度才逐渐靠近她。当我跟她并肩而行时,她继续加速向前开。我示意她靠边停车,她丝毫不加理会。于是我在前方变线阻拦她。她猛打轮想从右边超过去但是车辆失控了。车翻滚了几百英尺后撞到了路的护栏上停了下来。当我把她从车里拖出来时,她已经死了。"

话说完之后,他已经满脸泪水。年长的巡警轻轻地摇晃他的肩膀。"不要太自责,孩子。你是在履行职责。"

"你非常肯定车里没有其他人吗?"我问。

"除非他们化成烟升天了——这真是太奇怪了。"他声音高而紧张地补充说,"并没有起火,但是她的脚跟上却起了水泡。她光着脚,我找不到她的鞋子。"

"这很奇怪,"我说,"非常奇怪。"

阿尔伯特·格雷夫斯挤进人群,说:"他们一定还有一辆车。"

"那她为什么非要开我的车?"我俯身钻进车的残骸里,在变了形的血迹斑斑的仪表盘下摸索点火线。我今天早晨留在那里的铜线已经与点火线末端重新接上了。"她必须重装电线来启动车子。"

"这更像个男人的活儿,对不对?"

"不一定。她可能跟他哥哥学的。每个偷车贼都会这招儿。"

"也许他们决定分头逃跑。"

"也许,但是我不这么认为。她很聪明,应该知道开我的车会暴露她的身份。"

"我必须填一个报告,"年长的巡警说,"你能腾出几分钟吗?"

在我回答最后几个问题的时候,斯潘纳警长坐着由副手驾驶的警车来了。二人下了车向我们快步走来。斯潘纳跑着过来,他厚厚的胸脯像女人的一样起伏着。

"发生了什么事?"他用明亮狐疑的眼神来回打量着我和格雷夫斯。

我让格雷夫斯告诉他事件的经过。当他听完了辛普森和贝蒂·弗雷利的事情后,转身向我。"你看到自己都捣了什么乱了吧,阿彻。我警告过你要在我的监督下行动。"

我没心情接受他的指责。"让你的监督见鬼去吧!如果你能及时赶到辛普森那里,他现在可能还活着。"

"你知道他在哪里,但你却没有告诉我,"他抱怨道,"你会因此而倒霉的,阿彻。"

"是,我知道,当我需要更新执照的时候。这你以前说过了。但是你打算怎么向萨克拉门托解释你自己的无能?当案件水落石出时你却跑到一所县医院去管一个疯子的闲事。"

"从昨天到现在我没有去过医院,"他说,"你在说什么呢?"

"你没有收到我给你的关于辛普森的消息吗?就在几个小时之前?"

"我没有收到消息。你休想这样逃脱责任。"

我看着格霍夫斯。他的眼睛躲开我。我不再说话。

一辆警笛长鸣的救护车从圣特雷莎的方向呼啸而来。

"他们真是不紧不慢啊。"

"他们知道她已经死了,所以不急。"

"要把她带哪儿去?"

"圣特雷莎的停尸房,除非有人认领尸体。"

"不会有人认领的。那对她是个好地方。"

艾伦·塔格特还有埃迪——她的爱人和哥哥,已经在那儿等着她了。

31

格雷夫斯车开得很慢,仿佛受了车祸事故的刺激。我们大约花了一个小时才回到圣特雷莎。我思绪不安,一路上想的都是阿尔伯特·格雷夫斯和米兰达。

我们进入市区时,他奇怪地看着我。"我不会放弃希望的,卢。警察局很可能会抓住他。"

"你指的是谁?"

"当然是谋杀犯,另外的那个人。"

"我不认为还有另外一个人。"

他的双手僵在方向盘上。我可以看到他手上的关节突出起来。"但是有人杀了辛普森。"

"是的,"我说,"有人杀了他。"

我注视着他慢慢转向我的眼睛。他冷冷地打量了我很久。

"小心驾驶,格雷夫斯。你要多加小心。"

他扭过脸去看着前方的路,但是我捕捉到了他脸上闪过的罪恶感。

在高速路与圣特雷莎主路的十字路口,他停下来等红灯,问道:"我们去哪儿?"

"你想去哪儿？"

"这对我并不重要。"

"去辛普森家，"我说，"我要跟辛普森夫人谈一谈。"

"必须现在谈吗？"

"我是为她工作，我需要向她汇报。"

指示灯变了。在到达辛普森家之前，我们一路无话。漆黑的房子被几盏灯光点缀着。

"如果可能，我不想见到米兰达，"他说，"我们今天下午结的婚。"

"你不觉得这有点太匆忙了吗？"

"你什么意思？她好几个月前就已经同意嫁给我了。"

"你可以等到她父亲的下落查明了，或者推迟婚期。"

"是她希望今天结婚的，"他说，"我们在法院结了婚。"

"你今晚很可能要待在那里。监狱就在同一幢楼里，不是吗？"

他没有说话。当他把车停在车库时，我靠近他直盯着他的脸。他已经藏起了愧疚的表情，取而代之的是赌徒的决绝。

"这太荒谬了，"他说，"今天是我们的新婚之夜，我等今天等了多年了。但现在我却不想见她。"

"你想让我把你留在这儿一个人待会儿吗？"

"为什么不呢？"

"我不信任你。我以为你是我可以信任的人——"我没办法找到合适的字眼把话说完。

"你可以信任我，卢。"

"从现在开始你叫我阿彻先生。"

"好吧，阿彻先生。我口袋里有一支枪，但是我不打算用它。我已经看够了暴力。你明白吗？我感到厌倦。"

"你应该感到厌倦，"我说，"你犯了两起谋杀罪，这些对你已经够多了。"

"你为什么说是两起，卢？"

"阿彻先生。"我说。

"你不必这样故作清高。这并不是我想做的。"

"很多事不是。你一时兴起开枪杀死了塔格特，然后你不得不相机而动。到最后，你的行为已经非常草率了。你可能已经知道我发现你今晚并没有给警长打电话。"

"你无法证明你让我给警长打过电话。"

"我不必证明。但我已经知道了你的所作所为。你希望一个人跟辛普森在那间小屋里待一会儿，你必须完成塔格特的同伙没能为你完成的工作。"

"你当真认为我跟绑架案有关？"

"我很清楚你跟绑架无关。但是绑架却和你有关，它给了你机会来杀死塔格特。"

"我杀死塔格特有正当的理由，"他说，"虽然我承认让他不再成为我的障碍，我并不感到抱歉——米兰达太喜欢他了。但是我杀死他的原因是为了救你。"

"我不相信你。"我愤怒而冷漠地坐在那里。黑色的夜空中点缀着冰晶一样的星星，在我的头上洒下寒光。

"这不是我的计划，"他说，"我没有时间做这样的计划。塔格特要朝你开枪，于是我向他开了枪。就是那样简单。"

"杀人从来不是简单的事情，尤其对于一个像你这样有头脑的人。你的枪法很准，格雷夫斯，你不必杀死他的。"

他愤怒地反驳："塔格特罪有应得。他得到了报复。"

"但不是在他该死的时候。我一直在想,你听到了多少我们的谈话内容。你一定听到他是绑架者之一,而且也很肯定如果塔格特死了,他的同伙会杀死辛普森。"

"我没听到多少。我看到他要向你开枪,于是向他开了枪。"他的声音又恢复了坚定,"显然我犯了一个错误。"

"你犯了不止一个错误。第一个错误就是杀死了塔格特——这是所有错误的开始,对不对?你要的并不是塔格特的死,而是辛普森。你从不想让辛普森活着回来,于是你认为通过杀死塔格特能实现你的目的。但是塔格特只有一个活着的同伙,她藏了起来。她甚至不知道塔格特已经死了,直到我告诉了她。她也就没有机会杀死辛普森,虽然如果有机会的话,她也许会这样做。于是你不得不亲自杀死辛普森。"

他的脸上再次露出羞耻和看似不确定的神情,但他很快恢复了神态。"我是个现实主义者,你也是,阿彻。辛普森的死对任何人都没有损失。"

他的音调突然变得低平。他不停地变化和自卫,尝试不同的态度,看哪一种可以保护自己。

"你对待杀人比从前轻率多了,"我说,"你曾经将杀人犯送进毒气室。你难道没有意识到这将是你自己的下场吗?"

他勉强露出微笑,这笑容在他的嘴角和眼角留下深深的丑陋的皱纹。"你没有任何证据。"

"我内心里是确定的。你自己也已含蓄地承认了——"

"但你没有记录下来。你甚至没时间将我带去审讯。"

"那不是我的职责。你比我更清楚自己的处境,我不明白你为什么一定要杀死辛普森。"

他沉默了一会儿。再次开口时，他换了新的声音——坦诚、年轻，是那个多年前我曾经认识的可以与之畅谈心扉的男人的声音。"很奇怪你会提到我一定要杀死辛普森，卢。那正是那一刻我心里的感觉。我一定要杀死他。之前我并没有下定决心，直到我在更衣间里看到辛普森一个人待在那里。我甚至没有跟他说话。我意识到这是个机会，一旦我意识到了，我就必须去做这件事，不论我喜欢与否。"

"你对待自己是不是太宽容了呢？我不是心理分析专家，但我知道你还有其他动机。今天下午你跟一个可能会变得非常富有的女孩结了婚。如果她父亲死了，她就会非常富有。不要告诉我过去几个小时里，你都没有意识到你和你的新娘身家已是五百万美元。"

"我很清楚这一点，"他说，"但不是五百万美元，辛普森夫人得到其中的一半。"

"我把她给忘了。你为什么不连她也杀了呢？"

"你真是穷追不舍啊。"

"你对辛普森才是穷追不舍呢，为了区区的一百二十五万美元——他的四分之一的遗产。你是个胸无大志的赌徒吗，格雷夫斯？或者你也打算稍后再杀死辛普森夫人和米兰达？"

"你知道这不是真的，"他无力地说，"你把我看成什么人了？"

"我不知道。你跟一个女孩结了婚，同一天就杀死了她父亲，以便她成为继承人。格雷夫斯，你怎么了？如果她没有一百万美元的嫁妆你还会要她吗？我还以为你爱她呢。"

"住口，"他的声音充满痛苦，"不要把米兰达扯进来。"

"我做不到。如果不是为了米兰达，也许我们还可以商量。"

"不，"他说，"没什么可商量的了。"

我离开他，留他一人坐在车里脸上带着赌徒般坚定的微笑。我背朝着他穿过碎石路向房子走去,而他口袋里有一支枪。但是我没有回头。他说已经厌倦了暴力。这点我相信。

厨房里亮着灯,但没人理会我的敲门声。我穿过房子来到电梯前。当我走出电梯间时,看见克罗姆伯格夫人站在楼上的厅里。

"你要去哪儿?"

"我必须见到辛普森夫人。"

"不行。她今天一直非常紧张,大约一小时前她刚服了三粒镇静药。"

"我有非常重要的事情。"

"有多重要?"

"是她一直等待的消息。"

她的眼里闪过忧虑,但她是个好仆人,她没有问任何问题。"我去看看她睡没睡。"她走到辛普森夫人紧闭的房门前悄悄地推开了门。

房间里传来了一个受惊吓的低语:"是谁?"

"克罗姆伯格。阿彻先生说必须见您。他说有非常重要的事情。"

"很好。"她低声说。灯亮了。克罗姆伯格夫人退后让我进屋。

辛普森夫人用胳膊支着身体,在灯光下眨着眼。她棕色的脸上满是倦容。透过丝质的睡衣可以看到她深色的乳头,仿佛瞪着的牛眼。

我关上房门,说:"您丈夫死了。"

"他死了。"她重复我的话。

"您看起来并不惊讶。"

"我应该感到惊讶吗?你不知道我做了多少梦。思绪无法安宁是非常可怕的,你半睡不醒,看不清那些面孔,但又无法完全入睡。今晚那些面孔尤其鲜明。我看到他被海水泡得肿胀的脸,威胁着要将我吞没。"

"您听到我的话了吗，辛普森夫人？您丈夫死了。两个小时前他被谋杀了。"

"我听到了。我早知道我会比他活得长。"

"这就是您关心的全部吗？"

"我还应该关心别的吗？"她的声音含糊，不带任何感情，介于半梦半醒之间，好似深渊中缥缈的摩擦声。"我曾经丧夫，那时我也有预感。鲍勃死了之后我连哭了几天。我不会为他的父亲哭泣。我希望他死。"

"你的愿望实现了。"

"这不是我全部的愿望。他死得太早，但又不够早。每个人都死得太早。如果米兰达跟另外那个人结了婚，拉尔夫就会修改遗嘱，那么我将得到全部的遗产。"她狡黠地看着我，"我知道你一定认为我是个恶毒的妇人，阿彻。但我并不恶毒。属于我的东西太少了，你明白吗？我必须小心看管。"

"两百五十万美元。"我说。

"并不是钱，而是钱给你的权力。我是如此需要它。现在米兰达要走了，留下我一个人。过来陪我坐一会儿。我入睡时时感到非常恐惧。你认为我每晚入睡前都必须面对他的脸吗？"

"我不知道，辛普森夫人。"我可怜她，但是比可怜更强烈的感情占了上风。我走出去摔上门。

克罗姆伯格夫人还在厅里，"我听到您说辛普森先生死了。"

"是的。辛普森夫人受打击太大不能讲话。你知道米兰达在哪儿吗？"

"我想她在楼下。"

我在楼下起居室里找到了她。她抱着腿坐在火炉旁的坐垫上。房间里没有开灯。透过巨大的中央窗户，我看到外面黑色的大海和银光点点的海平线。

我走进房间时她抬起头，但她没有起身跟我打招呼。"是你吗，阿彻？"

"是的，我有事告诉你。"

"你找到他了吗？"火炉里一块炽热燃烧的木头在她的头颈上映出断续的玫瑰色。她的眼睛大而漆黑。

"是的。他死了。"

"我知道他死了。一开始他就死了，对吗？"

"但愿我能够告诉你情况是那样的。"

"什么意思？"

我暂时不想解释。"我把钱找回来了。"

"钱？"

"这个。"我把包扔在她脚下。"十万美元。"

"我不在乎钱。你在哪儿找到他的？"

"听我说，米兰达。你现在孤身一人了。"

"不完全是，"她说，"今天下午我跟阿尔伯特结婚了。"

"我知道，他告诉我了。但是你必须离开这个家，自己照顾自己。你要做的第一件事是把这钱收好。我费了好大劲儿才把它找回来。以后你可能得用钱。"

"对不起。我应该把钱放到哪里？"

"在你能去银行之前，暂时放在书房的保险箱里。"

"好的。"她忽然坚定地站起来领着我朝书房走去。她的胳膊僵硬，高耸肩膀，仿佛拒绝让突如其来的打击击垮她。

在她打开保险箱的时候,我听到一辆车子从车道上开走了。她笨拙地转过身子,那姿势却比优雅的姿势还要吸引人。"那是谁?"

"阿尔伯特·格雷夫斯。他开车带我过来的。"

"他为什么不进来呢?"

我鼓足了全部的勇气对她说:"今晚他杀了你父亲。"

她的嘴巴无声地张着,然后终于发出声来:"你是在开玩笑吧?他不可能那样做。"

"但是他做了。"我实事求是地说,"今天下午我发现了你父亲被关押的地方。我从洛杉矶给格雷夫斯打了电话让他和警长尽快赶到那里。格雷夫斯比我先到,警长并没有在一起。我到了那里,不见他的踪影。他把车停在我看不到的地方,然后进到那堆建筑物里,跟你父亲在一起。我进去后,他从后面把我击晕。我醒来后,他假装刚到那里。你父亲死了。他的尸体还是热的。"

"我不能相信阿尔伯特会做出这种事。"

"但是你必须相信。"

"你有证据吗?"

"我没有时间收集技术证据。警察局将会处理。"

她跌坐在一张皮椅子里。"那么多人都死了,父亲、艾伦——"

"格雷夫斯杀死了他们两人。"

"但是他为了救你才杀死了艾伦,是你告诉我的——"

"那是个复杂的谋杀,"我说,"一起正当杀人,但是背后还有其他动机。他不必杀死艾伦。他的枪法很准,他可以将他打伤的。但他要塔格特死。他有自己的理由。"

"什么理由?"

"我想你知道其中的一个理由。"

灯光下她仰起了脸。她看上去在几个不同的决定中挣扎,她选择了大胆的承认:"是的,我知道。我爱上了艾伦。"

"但是你打算嫁给格雷夫斯。"

"直到昨晚之前我都没有下定决心。我迟早要嫁人的,他看起来合适。'嫁娶总是好事情'。"

"他拿你打赌,他赢了。但是他赌的另一件事却没有得逞。塔格特的同伙没能杀死你父亲,于是格雷夫斯亲自动手勒死了他。"

她摊开一只手遮住了自己的眼睛和额头。她太阳穴上蓝色的血管纤细、稚嫩。"实在是太可怕了,"她说,"我无法想象他怎么做得出来。"

"他是为了钱。"

"但他从不在乎钱。那是他令我崇拜的品质之一。"她将手从脸上移开,我看到她脸上的苦笑。"我总是爱错人,对不对?"

"也许格雷夫斯一度对钱满不在乎。也许在有的地方他可以维持那种品质,但不是在圣特雷莎。金钱是这个城镇的命脉。没有钱,你不算是真正活过。为百万富翁们工作而自己身无分文,一定让他感到羞辱。他意识到钱是这个世上他最想要的东西。"

"你知道此刻我最想要的是什么吗?"她说,"我希望自己没有钱,也没有爱情。它们给我更多的是烦恼。"

"你不应把人们犯的错怪罪于钱。人是罪恶的根源,钱只是人的罪恶的寄托之所。当人们丧失了其他的价值观时,他们会不惜一切地追逐金钱。"

"我奇怪阿尔伯特·格雷夫斯怎么了!"

"没人知道。他自己也不知道。现在重要的是,他将何去何从。"

"你必须报警吗?"

"我打算报警。如果你同意的话,对于我事情会变得容易。长远来讲，对于你也会变得容易。"

"你在要求我分担责任，但你并不是真的关心我的想法。无论如何，你都会报警。但是你承认你没有任何证据。"她在椅子上焦躁不安地挪动身体。

"如果受到指责他将不会否认。你比我更了解他。"

"我曾以为我很了解他。现在我不确定——什么都不确定。"

"所以你应该听我的。你还有疑问等待解决，而你不应束手无策。你也不可以一直在不确定中生活。"

"我不确定我还应该生活下去。"

"别跟我玩浪漫，"我厉声说，"自艾自怜不是出路。你在这两个男人身上的运气都很差。但我认为你是个坚强的女孩，可以承受这些。我以前跟你讲过，你的人生还长。你必须独立。"

她靠向我，胸脯柔弱地挺着。她的嘴唇娇嫩。"我不知道如何开始。我该怎么做？"

"跟我走吧。"

"跟你？你要我跟你走？"

"不要试图把自己的负担转嫁到我身上，米兰达。你是个可爱的女孩，我非常喜欢你。但你不是我的宝贝儿。跟我去见地方检察官。我们让他来决定。"

"很好。我们去见汉弗莱斯。他跟格雷夫斯一直是好朋友。"

她开车带我驶上一条通往山顶的蜿蜒道路，那里可以俯瞰整个城市。当她将车子停在汉弗莱斯的红木平房前时，我们看到车道上还停着另一辆车子。

"那是阿尔伯特的车，"她说，"请你自己进去吧。我不想见到他。"

我将她留在车里，独自一人爬上通往阳台的石阶。我还未来得及扣动门环,汉弗莱斯已经打开了门。他的脸比从前任何时候都更像个骷髅。

他走出来站到阳台上,关上了身后的门。"格雷夫斯在这儿,"他说,"他几分钟前到的。他告诉我他杀了辛普森。"

"你打算怎么办?"

"我已经给警长打了电话,他正在来的路上。"他用手指掠过稀疏的头发。他的姿态和声音一样轻而遥远,仿佛远离现实之外。"这是个悲剧。我曾认为阿尔伯特·格雷夫斯是个好人。"

"罪恶的传播往往如此,"我说,"它具有传染性。你以前见过这样的事情。"

"但不是发生在我朋友身上。"他沉默了一会儿,"伯特刚才谈起了克尔凯郭尔。他引用了他关于清白的箴言。他说清白就好比一个人站在深渊的边上,你无法做到低头看了深渊还保持自己的清白。一旦你看了,你就犯了罪。伯特说他往下看了,因此在他杀死辛普森之前就已经犯了罪。"

"他还是对自己太宽容了,"我说,"他不是在往下看;他是在向上看。向上看那山顶的豪宅,那财富栖息的地方。拥有辛普森四分之一的家产,他想让自己也高高在上。"

汉弗莱斯缓缓地说:"我不明白。他从来对钱不太在乎。我现在也不认为他衹在乎钱。但是他发生了变化。他恨辛普森,很多人都恨他。辛普森让每个为他工作的人都感到自己像个仆人。但格雷夫斯的感觉还不止如此。他一生勤勤恳恳,突然整个事业都崩塌了。事业对他失去了意义。对于他个人还有这个世界,不再有道德和正义可言。那就是他放弃检察官工作的原因。"

"这个我并不知道。"

"最终他向这个世界茫然地挥拳一击。他杀死了辛普森。"

"并非是茫然，而是深思熟虑过后的一击。"

"他是非常茫然的，"汉弗莱斯说，"我从未见过像现在的伯特一样痛苦的男人。"

我回到米兰达身旁。"格雷夫斯在这儿。你对他的判断并没有全错。他决定做正确的事。"

"坦白罪行？"

"他为人太诚实，不能说谎到底。如果没人怀疑他，或许他可以做到的。每个人的诚实都是有底线的。但他知道我发现了真相，因此到汉弗莱斯这里自首。"

"我高兴他选择了这样做。"但她接下来发出的声音却否定了她的话。她趴在方向盘上使劲抽泣抖动着。

我扶起她，自己驾驶。在我们下山的路上，可以看到整个城市的灯火阑珊。它们看似不太真实。星星和灯火像萤火虫一样闪着光，在黑色的虚无中闪着清晖。在我的世界里，真实的是我身旁的这个女孩，温暖、颤抖而迷惘。

我本可以伸出手臂拥她入怀，将她据为己有。她是如此茫然柔弱。但如果我这样做了，一周后她便会恨我。而六个月后，我可能会恨米兰达。我把手放在自己身边，让她一人独自舔舐伤口。她伏在我的肩上哭泣，换成任何别的人，她也会这样做。

她的哭泣渐渐停下来，成为一种稳定的节奏，她慢慢地睡去了。警长的车在山脚下从我们旁边开过，朝着正在等待的格雷夫斯所在的房子驶去。

THE MOVING TARGET
ROSS MACDONALD
Copyright © 1949 by Alfred A. Knopf, Inc. Copyright © renewed 1976.
This edition arranged with HAROLD OBER ASSOCIATES, INC
through BIG APPLE AGENCY, INC., LABUAN, MALAYSIA.
Simplified Chinese edition copyright:
2015 NEW STAR PRESS
All rights reserved.

图书在版编目（CIP）数据

移动飞靶／（美）麦克唐纳著；刘秀萍译．—北京：新星出版社，2015.7
ISBN 978-7-5133-1757-3

Ⅰ．①移… Ⅱ．①麦… ②刘… Ⅲ．①长篇小说－美国－现代 Ⅳ．①I712.45

中国版本图书馆 CIP 数据核字（2015）第 052829 号

移动飞靶

（美）罗斯·麦克唐纳 著；刘秀萍 译

责任编辑：邹　瑨
特约编辑：王跃嵩
责任印制：李珊珊
封面设计：周伟伟

出版发行：新星出版社
出 版 人：谢　刚
社　　址：北京市西城区车公庄大街丙3号楼　　100044
网　　址：www.newstarpress.com
电　　话：010-88310888
传　　真：010-65270449
法律顾问：北京市大成律师事务所

读者服务：010-88310811　service@newstarpress.com
邮购地址：北京市西城区车公庄大街丙 3 号楼　　100044

印　　刷：三河兴达印务有限公司
开　　本：910mm×1230mm　　1/32
印　　张：7.75
字　　数：117千字
版　　次：2015年7月第一版　2015年7月第一次印刷
书　　号：ISBN 978-7-5133-1757-3
定　　价：30.00元

版权专有，侵权必究；如有质量问题，请与印刷厂联系调换。